勘次ケ城物語

竹山和昭
Takeyama Kazuaki

風詠社

目次

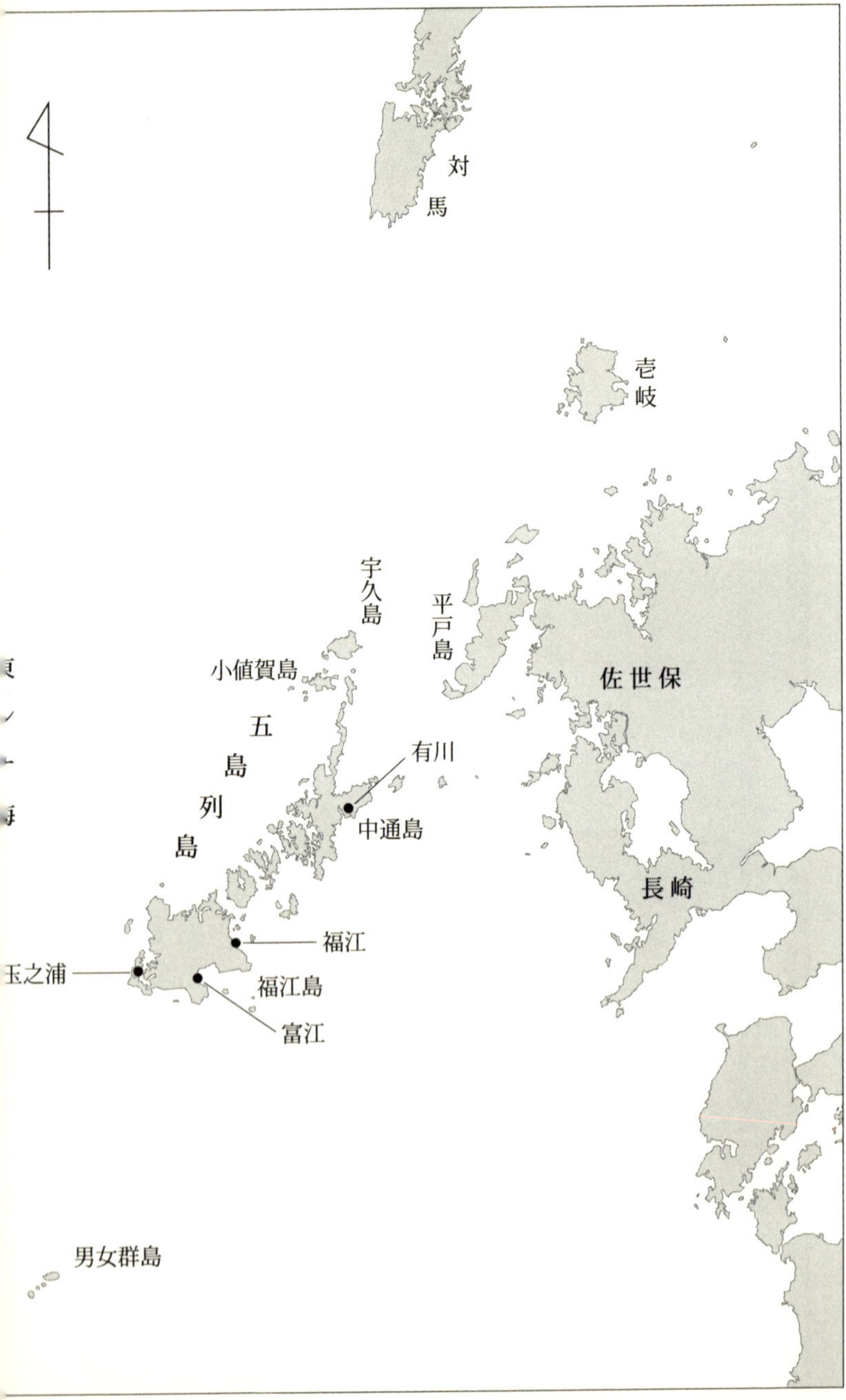
対馬
壱岐
宇久島
平戸島
小値賀島
五島列島
佐世保
有川
中通島
長崎
福江
玉之浦
福江島
富江
男女群島

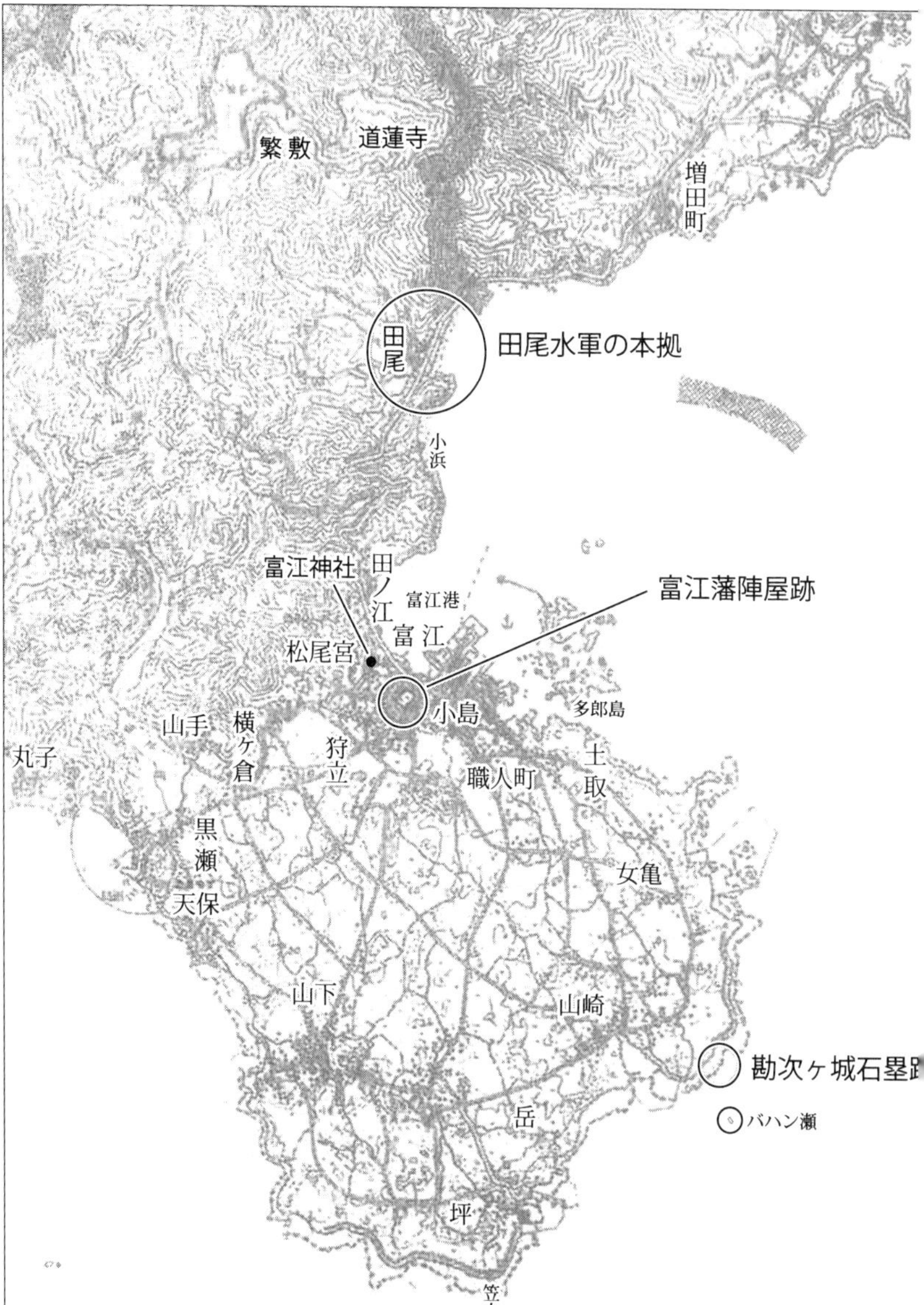

繁敷
道蓮寺
増田町
田尾
田尾水軍の本拠
小浜
富江神社
田ノ江
富江港
富江藩陣屋跡
富江
松尾宮
小島
多郎島
山手
横ヶ倉
狩立
丸子
職人町
土取
黒瀬
女亀
天保
山下
山崎
勘次ヶ城石塁
バハン瀬
岳
坪
笠山崎

富江半島図

勘次ヶ城附近地形図

地形図

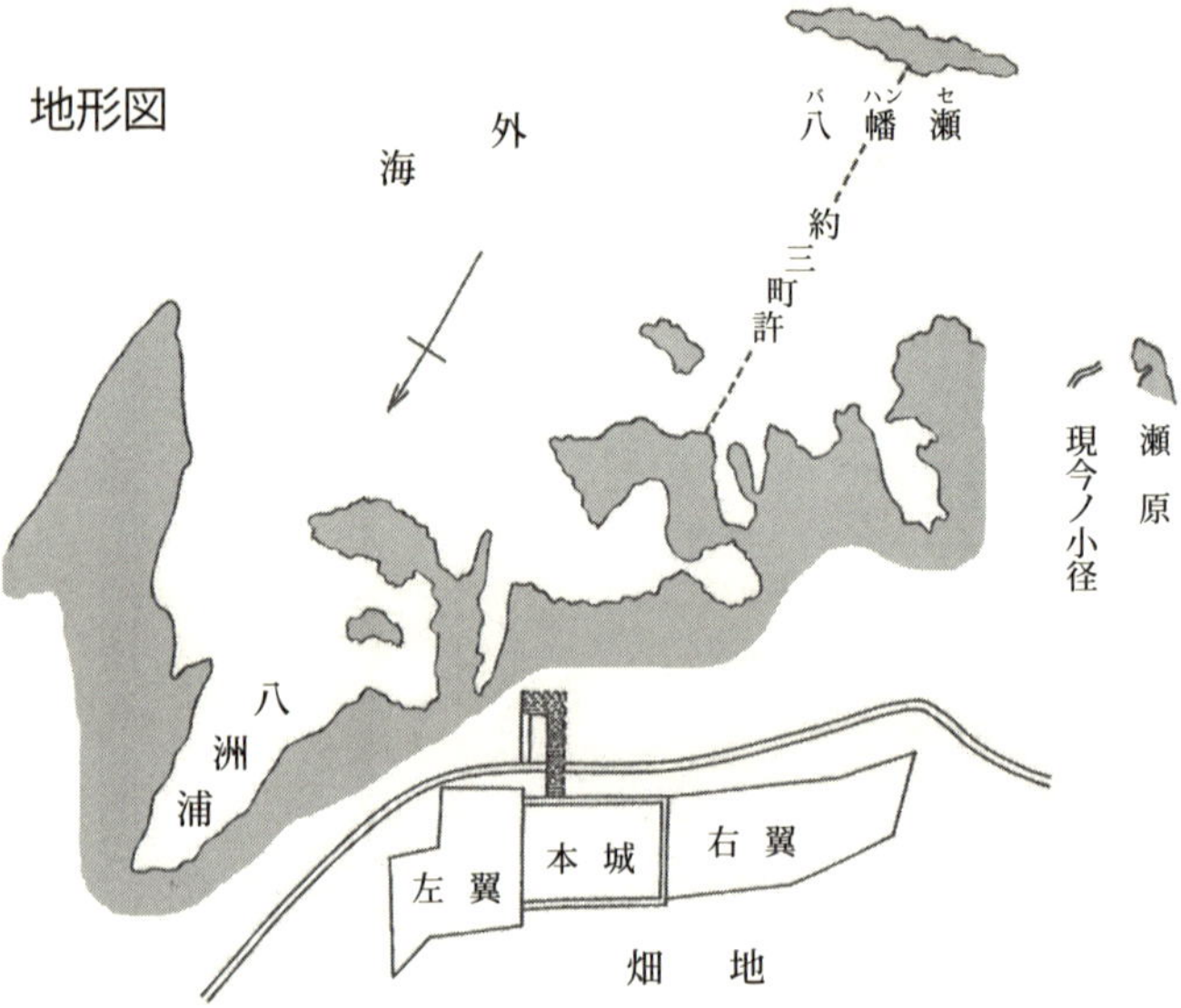

城略図

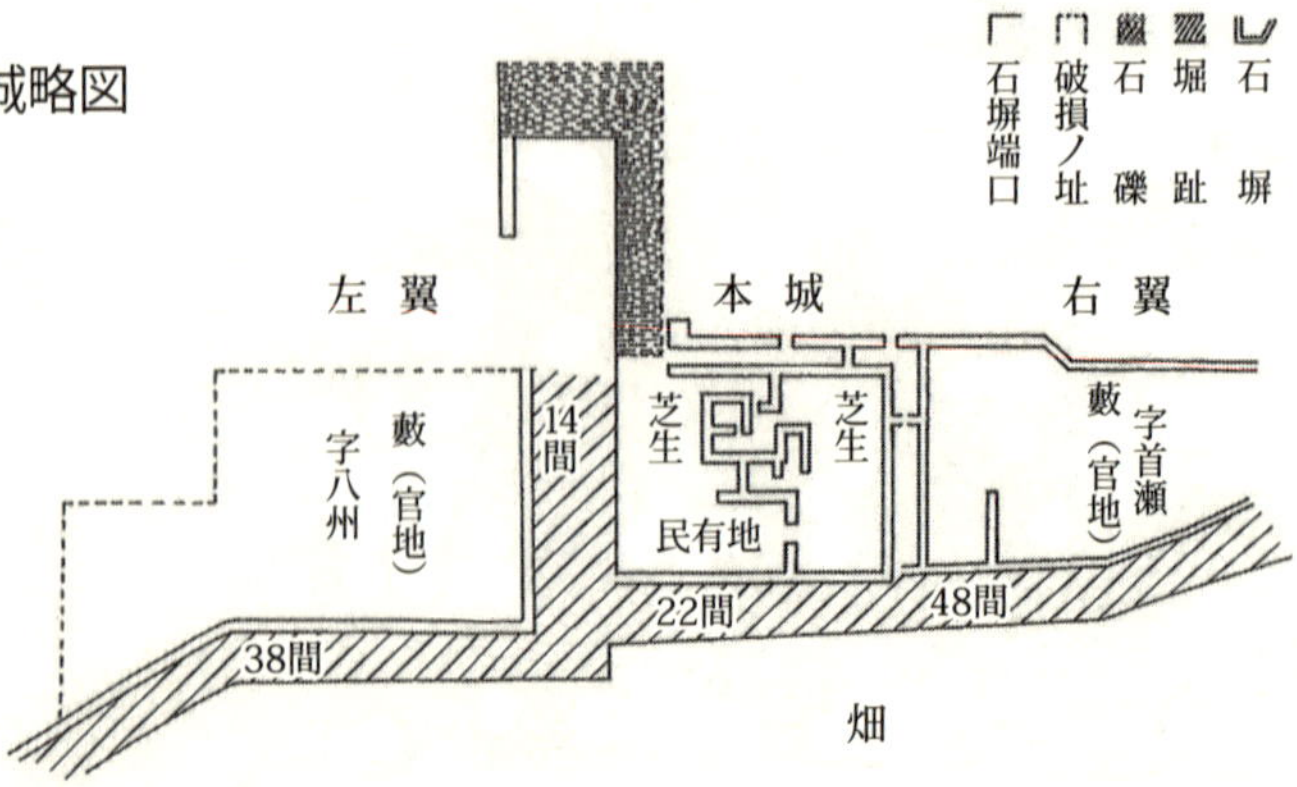

勘次ヶ城物語

富江

肥前五島の富江というところに石高三千石というまことに小さな藩があった。肥前五島といってもその場所が何処にあるかは、九州地方に住んでいる者しか判然としないであろう。

現在の長崎県五島列島である。長崎県の西部、東シナ海に浮かぶ一大群島で、北から宇久島・小値賀島・中通島・若松島・奈留島・久賀島・福江島の七つの主島からなる。古くは北の中通島を中心とした島々を小近、南の福江島周辺の島々を大近といい、これらを総称して値嘉島といった。藩政時代は宇久島・小値賀島・中通島・奈留島・福江島を以て五島と称したが、明治以降の行政区割により北松浦郡の宇久島と小値賀島を除いた中通島・若松島・奈留島・久賀島・福江島を総称して五島と呼んでいる。

古くから唐渡りの最後の寄港地として知られており、幾多の遣唐使船もこの島を本邦最後の地として船出した。

中世以降は多くの小豪族が割拠して島の覇権を争ったが、その実態は海外交易を主体とした松浦党の一員であった。

松浦党は肥前の海沿いの一帯に跋扈する小豪族の連帯組織である。倭寇の発祥の地であり、その地理的条件から古くから唐・朝鮮との海外交易を生業としていた。

その主な地域は対馬・壱岐・五島の島々と肥前の西域の海に面した浦々の村であった。その五島であるが、対馬や壱岐のように一国とはみなされず、肥前の一部であった。戦国期になると宇久島から大値嘉島（後の福江島）に進出してきた五島氏に統一され、近世大名権の確立をみて、そのまま幕末維新を迎えている。

富江の町は、その福江島の中心である福江城下から海沿いの道を南西に五里（二十キロメートル）ほど行った半島の付け根にある戸数千五百ほどの町である。

福江から富江に入るには地蔵坂という峠を越さなければならなかった。その地蔵坂から富江の街並みが一望できるのである。富江の人にとってはこの地蔵坂から見る風景こそが故郷そのものであった。

幕末も近い天保十二年（一八四一）九月のある日のことである。昨夜来の大風もおさまり、稲刈りの済んだ秋晴れのもと、一人の若い男が背に大きな籠を背負って富江の村々を行商しながら廻っていた。

「樽や桶の修理はなかかなー」

「あたらしか手桶や升はいらんかなー」

　男の名を勘次といった。数えで十八歳になる若者である。富江の町はずれの職人町に住んでおり、家業は船大工だった。

　親代々の藩お抱えの船大工で、船手奉行の命により藩船の新造や修理を任されていたが、決まった仕事というものは限られており、常日頃は村々を廻って自ら作った樽・箕・桶・枡などの販売や修理を行いその日の糧を得る生活である。

　狭い藩域のため一日も歩くと大方の村々は廻ってしまう。

　稼ぎは少なく、家に帰ったら親父から小言を言われると思いつつ、夕刻には帰り着いた。

「今日はどがんじゃったか」

「どがんもこがんもさっぱりたい」

　勘次はいつものことながら、自分の少ない稼ぎが親子二人の生活のすべてであることを思うと気がめいってしまうのである。

　二人で暗い行灯の下で囲炉裏を囲み、侘しい夕餉をしていると、父親の作治から、

「明日からは、もう少し足を伸ばして、小川あたりまで行ってみらんね」

とポツリと促すように漏らした。

父の作治は四十八の働き盛りであったが、生来の病弱から藩の仕事も勘次に譲りもっぱら家で小物作りに精出す日々であった。連れ合いとも早くに死に別れていることから勘次との二人だけの生活も長くなっている。

今年で十八歳になる勘次は、独り立ちしたばかりで、油煙の多い鯨油の行灯の下で桶作りの夜作業を続けた。

翌朝、いつもより早く起きた勘次は、父親から言われたとおり本家福江藩の領地である小川村を目指して茫洋たる東シナ海を左に見ながら五里の山道を越えて行ったが、行けども行けども山また山の僻地で歩いている時間ばかりが多く、やっと小川村に着いたのは昼刻前となっていた。

三十数戸の民家しかなく、一様に萱葺屋根の小さな家々で見るからに貧しい暮らし振りであった。なじみの村人に挨拶を交わしながら、一軒一軒たずね歩くが桶や樽の小修理のみでさしたる稼ぎにもならなかった。

「ああ、これでは草鞋代にもならんばい」

独り言でも言わなければ、やぶ椿の小枝で覆われた昼なお暗い寂しい帰り道は心細くてやりきれなかった。

人一人歩くのも窮屈な狭い山道が延々と続いていた。

大田・琴石・丸子・黒瀬・横ヶ倉と小さな村々に立ち寄ったことから、狩立から足軽屋敷に入る頃には、すっかり陽も落ち、行く人もなく僅かに行灯の灯りが人の営みを感じさせていた。

遠く鬼岳の黒い山映が浮かんでいた。その山裾には富江湾が波一つなく静かに横たわっている。

軽石のように小さな穴が無数に開いた火山礫の石垣で区画された足軽衆の寂しい軒並みを過ぎると、大木が生茂る枝先の隙間から陣屋の大きな屋根がかすかに浮かんでいた。町の中心部に北になだらかに傾斜した一万坪程の土地に御殿屋敷と足軽長屋が連なっている。足軽長屋の塀沿いに海に向かってなだらかな坂を下ると左手に紅殻で赤く塗られたいかめしい陣屋の大手門が見えてくる。固く閉ざされた大手門が開かれることはなかった。旗本である藩主はもっぱら江戸住まいであり、藩政は主だった二三の家老に任せたきりである。大手門を右に曲がると東に一直線に延びる道幅の広い大きな道となり、その道路の両脇に主だった家中の屋敷が連なっている。この大手道で毎年七月七日になると大手門の前に桟敷が組まれ、競馬が開催された。藩士の持ち馬から農耕用の馬まで駆り出され大いに賑わった。同じく、七月十一日になると山手・丸子・琴石・大田・横ヶ倉・松尾・狩立・黒島といった村々の若者達が大手門の前に集まり、それぞれの衣装で念仏踊りであるオニオンデを舞って先祖供養する行事が行われた。

大手門前から打ちはじめ、宝性院に至って瑞雲寺・妙泉寺を経て実相寺に入って大連寺で終わるのであるが、個人の新盆にもその墓前で舞い踊った。

この島に古くから伝わるお盆の念仏踊りである。

五六人を一組とした踊り子は頭に兜のようなものを被り、白い布で顔を覆い、肩から小さな太鼓を胸の前にかけ、腰には蓑をつけて足元は裸足である。鉦打ちが小さな鉢で鉦を「カーン」「カーン」と叩くと数人の踊り手は輪になって踊り始めるのであった。「オホミデヨー」「オーミデヨー」と繰り返す声は哀調を帯びて、どこまでも鎮魂の響きがあり、この島の代表的な盆の念仏踊りであった。

大手門の前は「山の中」と呼ばれてた。鬱蒼とした大木が生い茂っている木立の中に筆頭家老である今利屋敷や松園家老の大きな屋敷が軒を並べていた。家老屋敷を過ぎると大手道の右側には樹齢四百年を優に超すと思われる大きなガジュマルの木が道路を覆うように枝を伸ばし、この島が温暖な島であることを示していた。そのガジュマルの大木の傍らには成章館という藩校と武道場があった。藩校の歴史は古く、その設立は元禄時代に遡り、日本の藩校の草分け的な存在であった。小藩が生き残っていくには人材育成こそがすべてだったのである。

武道場の格子窓からは稽古を終えたばかりの若い藩士達の笑い声が聞こえていた。家中と呼ばれる侍屋敷はこの大手道の両側に配置されていた。小藩のわりに区画が大きく二百坪から千坪までの瓦葺きの侍屋敷がうっそうとした楠や椎の大木が生い茂る中に静かに軒を並べている。

小藩ゆえ上級武士でも、筆頭家老で百二十石、家中といわれる多くの藩士になると二十石前後である。

しかし、どの藩士の家も切石の高い石垣をめぐらし、その石垣の上には大人の拳よりやや大きな丸石が無数に積まれた独特の構造となっている。これは外敵の侵入に対して、石を礫として用いた古くからの防御壁の名残であった。石垣の両脇はかまぼこ型の石で区切られ、その石垣と石垣の間に薬医門を設けたいかつい武家の門構えとなっていた。

一方、足軽衆になると一人扶持から三人扶持程度であった。いかに離島で経済活動が小規模であったにしても余りにも低い扶持だった。そのためどの足軽でも広い屋敷地が与えられ、畑で自給できるようになっていた。

ちなみに一人扶持とは、一日あたり五合の玄米が支給される計算である。一ヵ月に一斗五升、一年間で一石八斗である。俵に換算すると一年間に玄米が五俵支給される計算になる。これではいかに節約しても食べていくことができないので富江藩では別途麦を支給し、山に立ち入る権利を与えて下級武士の生活を補助していた。

人が一年間に食べる米の量は約一石（百八十リットル）といわれている。武士は藩から現物で支給された米を換金して日常の生活費に充てたのである。

足軽といえども大小二本を差した武士の端くれである。離島ゆえ、内職商いをするにも需要は少なく、その生活は困窮を極めた。

例えば、二三年に一回巡ってくる江戸詰めになると家族一同うち揃い水杯で別れの宴を行ったとの言い伝えが残っている。

五百石積みの藩船で波荒い五島灘と玄界灘を渡るのは、ただでさえ命がけであった。江戸上りの当日は、藩社である武社神社の鳥居前で神楽が舞われ、多くの領民から見送られて船出した。

そのまま五島列島を北上し、平戸島を右に見て波荒い玄界灘を越え、馬関（下関）の港を目指した。瀬戸内海に入り、港々で風待ちしながら大坂に上陸し、大坂からは約百六十里の陸路を辿り、永田馬場にある上屋敷に達する行程である。海路と陸路を合わせると三百四十里（千三百六十キロメートル）以上にわたる長旅で、その日数も四十日以上を費やした。

永田町にある江戸上屋敷は四千坪を超える大規模なもので、禄高三千石の旗本の富江藩には過ぎた藩邸であった。この江戸藩邸には常時五十人からの藩士や足軽が詰めていた。大藩であれば江戸勤務を命じられると、見識を広め出世のチャンスであったが、小藩の勤番侍はひたすら長屋と藩邸の往復であり、学問の師匠に弟子入りしたり、剣術の修行に励むなどは経済的にも無理で、門閥の一部の有力者が僅かに学問の師匠につくことができた。

富江藩は『藩』と称しているが、正式には高家旗本のひとつである。大名の分家ということで対外的には大名並みとされ、参勤交代や異国船取締りの義務も課され、江戸城内での席次も五位の外様大名と同じ柳の間詰めとなっていた。したがって、石高三千石のわりには士分の数も多く足軽を含めると二百家を数えていた。

大手門から十丁（約千百メートル）程東に伸びた家中屋敷を抜けると、急に道幅が狭くなり大工・鍛治屋・紺屋などの職人集団が住む職人町に至る。

職人町は寛文二年（一六六二）の富江陣屋の構築の際に、陣屋の東部に職工百人ほどを各地から移住させて住まわせたのが始まりである。

お椀を伏せたようなこんもりとした小さな山である只狩山のふもとに広がるこの町は、いたるところ石垣だらけである。溶岩台地の上に作られた町並みはいくら掘り返しても出てくるのは石の塊である。

人々はこの只狩山の周辺に小集落を形成していた。

勘次の住む職人町周辺は海岸に近いことから、ことさら石垣の多いところである。狭い通路の両脇には背丈より高い無数の石垣が積まれ、大風の多いこの地方の防風林の代わりとなっていた。

目の前には、干潮のときは陸続きとなり、美しい松林を持つ多郎島、和島が横たわっている。さらに富江湾を挟んで対岸を望めば、鬼岳の優美な山裾が緩やかにたなびき、その裾野の先には箕岳という小さな火口を持つ山が五島灘に落ち込んでいる。

五島の中でも景観に優れた町である。

多くの家が長さ一尺（約三十センチメートル）、幅三寸（約九センチメートル）程度に薄く切った杉板を重ね合わせて、その杉板の上に重石となる石を乗せた板屋根葺きとなっている。

その板屋根葺きの軒先が重なり合うように密集した職人集団の住む村である。

家々は玄関や雨戸すらなく、玄関先に筵をぶら下げただけの貧しい佇まいである。

家屋の内部は小さな土間と流しがあり、間取りは居間と納戸部屋の二部屋が普通で、居間の中ほどには囲炉裏が切られていた。床には筵を敷き詰め、畳を敷いている家は一部の有力者のみであった。風呂のある家も限られた親方衆のみで、多くは盥で済ませるような貧しい佇まいの職人集団の家々である。

狭く曲がりくねった道なりに歩いて程なくすると海岸近くのわが家に帰り着いた。

八幡瀬《ばはんせ》

「父っさん、いま帰ったよ」

勘次は、いつもと変わらない様子で帰宅したものの、その姿を見ても父の作治からは何の返事もなかった。

勘次の疲れた様子をみれば、今日の稼ぎが少ないことぐらいすぐに分かった。

ここ数ヵ月というもの藩からの仕事もなく、勘次の行商による稼ぎだけが生活の糧であった。

「どこん村を廻っても不景気なもんたい。今年は大風の当たり年で、米もいつもの半分も無かというちょるばい」

「ほんにひどか年たい。天保に入ってからというもの毎年のように不作が続いているばい。こん調子じゃと百姓衆は秋の納石もできんじゃろたい。空梅雨に大風と踏んだり蹴ったりだ」

と作治は何かに訴えるようにつぶやいた。

天保三年から打ち続く全国的な天候不順は、各地で豪農打ちこわしとなって現れ、巷に流民となった窮民が満ち溢れて社会不安に覆われるようになった。いわゆる天保の大飢饉である。

天保八年の二月には、天下の台所といわれた大坂でさえ、飢饉による庶民の苦境と役人や豪商の不正を見かねた大坂町奉行元与力の大塩平八郎の乱が起こった。

乱そのものは、僅かに一日で鎮圧されたものの、その与えた衝撃は大きく、その後の幕藩支配体制を揺るがす一因となった。

天保十二年には、老中首座に唐津藩主水野忠邦を登用し、幕府財政と社会秩序の回復を目指したものの、もはや幕府の勢いは望むべきもなく、多くの諸藩は破綻寸前に陥り、封建支配体制の足元は大きく揺らいでいた。

一方では、近海に多くの異国船が押し寄せ、鎖国政策を揺るがす動きも現れてきた。

江戸の目の前である浦賀にアメリカのモリソン号が来航し、強引に通商を求める事態に追い込まれたが、幕府の対応は異国船打払令に基づき強制的に撃退する事件も起こった。

こうした頑な幕府の対応に異議を唱える者もあらわれた。

『慎機論』の渡辺崋山、『戊戌夢物語』の高野長英などである。

天保十一年にはアヘン戦争が勃発し、列強のアジア進出の影が着実に押し寄せていた。まさに、日本は内憂外患の時代を迎えていたのである。

「こんな時は何をやっても駄目たいな。明日は船でも出して、魚でも釣りにいこうで。大風で磯も洗われ、魚も腹ば減らしているじゃろたい」

勘次は黙って父親の言うことに頷くだけだった。

二人はあわただしく晩飯を済ますと、早々と床についた。

海に面した富江の町は水田こそ山側の松尾や横ヶ倉といった村に多少あるものの、火山台地の土地は稲作には不向きで多くは荒地でも育つ芋や麦といった作物が多かった。反面、好漁場に恵まれており、小魚はいつでも手に入った。家の前からちょっと釣り糸を垂らせば晩の食卓に不自由はなかった。

初代藩主の盛清は、分知の際に内陸部の農村地帯より、海に面した領地を求めたのである。そのおかげで領民は貧しくはあるが、飢饉により飢えることはあまりなかったのである。

翌朝、二人は潮目を見て、小さな伝馬船を出した。家の前に浮かぶ和島の鼻を廻って小船を東に向けて漕ぎ出した。

女亀・唐人瀬を過ぎて、富江湾に突き出た長崎鼻を右に廻る頃には昼刻も過ぎ、二人は船中で大根の漬物をかじりながら釣り糸を垂れていた。

さらに釣果を求めて黒島の前を西へと舳先を向けて漕ぎ進むと、遠くに小さな岩礁が見えてきた。土地の漁師が八幡瀬《ばはんせ》と呼ぶ荒瀬である。干潮が近いのかその荒々しい岩礁がまるで怪物の背中のような姿で横たわっている。

山崎というところの海岸から三丁（約三百三十メートル）程沖合にある八幡瀬は、この辺りの漁師は誰も近づかない危険な荒磯で、満潮になると波間にその姿を消し、干潮になると姿を現す長さ十五間（約二十七メートル）ほどの小さな岩礁である。

昔からの言い伝えによると、このあたりの海岸沿いに海賊の一団が住んでおり、沖を行く船を見つけては襲いかかり、その船の積荷を奪ったという。このような海賊の行為を古くから土地の人は「バハンを働く」といった。八幡瀬のある岩礁付近は潮の流れが速く、満潮になると海面にその姿を没してしまうため、風の強い日には沖を行く船が流され、座礁するまことに危険な荒磯であった。

このことからいつの間にか、この荒磯のことを八幡瀬と呼ぶようになった。

遠回りしながら、慎重に危険な八幡瀬を通り過ぎようと櫓を漕いでいると、人影のような黒い影が八幡瀬の南端に見えた。

「父っさん。あそこに誰かおるばい」

勘次はその人影の方向を指差した。遠くて定かでないが、その人影は死んだように動かなかった。

三日前の大凪により船が遭難して、八幡瀬にたどり着いたものの、そのまま息絶えてしまった者かもしれないと思い、とにかく二人は二丁櫓を仕立てて八幡瀬の南の突端に船を寄せようと急いだ。

しかし、八幡瀬に近づくものの、瀬波が高くて容易に近づくことができなかった。二人は船が荒波にさらわれないよう必死に漕ぎながら、その人影に向かって声をかけた。

「おーい」

「おーい」

「聞こえたら返事してくれー」

と大声で何度か叫んでみると、その人影は僅かに体を動かした。

「父っさん、生きとるばい」

「生きとるばい。今動いたばい」

と勘次が興奮した声で父親に向かっていった。

作治も紅潮した面持ちでジィーッとその人物を見据えていた。すぐに作治はその人物に向かって大きな声で叫んだ。

「いまからそっちに行くぞー」

「元気ば出せー」

だが、何度も何度も舳先を寄せるが、船を岸に近づけることはできなかった。

「勘次、綱をあの岩に投げて、そん綱に体を縛って貰い、引き上げるしかなかばい」

勘次はすぐさま言われたとおりに、太い船綱をその遭難者が座っている横の岩にめがけて投げた。

「波で磯に近づくことができんけん、その綱に体を縛ってここまで泳いでこーい」

しかし、何度大声で叫んでも、その人からは何の返事もなく、僅かに体を動かすだけであった。思い切ってさらに船を磯に近づけてみると、その遭難者と思われる人の身なりは見たこともない異様な姿をしていた。

すでに瀕死の状態であることは明らかで、呼びかけてみてもかすかに顔をこちらに向けるだけであった。

「こりゃー、こっちが岩場に上がるしかなかばい」

と作治は言うと、思い切り櫓を漕ぎ出した。

二人は何としてもこの遭難者を助けようと、船が着船できる場所を求めて、懸命に櫓を漕ぐが、八幡瀬に押し寄せる波は荒々しくなかなか近づくことができなかった。そうしているうちにも潮は満ち潮に変わり、一段と荒磯に砕ける波が大きくなってきた。

何としても助けようと、二人は船を北西の方向に向けて漕いでいると、僅かに波立たない小さな入り江があることに気づいた。船をその流れに沿って近づけ、入り江の近くに碇を投げ入れた。

最初に勘次が「ザブーン」と海に飛び込むと、続いて作治も飛び込んできた。

やっとのことで八幡瀬の岸にたどり着くと、必死で潮に洗われた瀬をよじ登り、その遭難者めがけて近づいていった。

そこにいたのは、紛れもなく難破して漂着した一人の異様な姿の男であった。

前頭部を大きく剃り上げ、頭の頂から後頭部の髪全体を束ねて、それを長く編みこんで腰の付近まで垂れ下げていた。着ている着物もこの辺り漁師のものとは大きく異なっていた。相当に衰弱しており、こちらの呼びかけにも言葉もなかった。

さらに近付いて全身をくまなく見てみると、いたるところに傷を負っており、すでに死が迫っている様子だった。

「父っさん。こん人は唐人かもしれんよ」

と勘次がいうと、父の作治も黙って頷いた。

さらに近づいてその唐人と思われる人を見てみると、その人は大きな木箱を抱きかかえるようにその横に座っていた。

「あんたは何処の人かね」

「名は何というんかね」

と尋ねても、弱々しい目付きでこちらを向いて、助けを請うているようにみえた。

言葉も分からない様子で、全く返事がなかった。

二人はどうしたものかとしばらくのあいだ何も言わないで黙ったまま、その唐人の前で佇んでいた。

長い沈黙の後、勘次がつぶやいた。

「父っさん。こん人はどがんしても助からんばい」

といって父親を振り向いたそのときである。

父の作治は用心のため持参してきたこん棒をその唐人に向けて振り上げていた。

「ガッー」

といった乾いた不気味な音とともに、何度となくその唐人の頭めがけてこん棒を振り落とした。

「アァー」

唐人は弱々しい悲鳴をあげ、手を宙に挙げて助けを求めているしぐさをしていたが、作治はかまわずこん棒を振り落とした。

唐人は何か訳の分からない弱々しい言葉を発しながら、口からどす黒い血を吐いて、潮で濡れた箱を抱くようにして倒れた。

勘次は一瞬何が起こったのか分からなかった。呆然として佇んでいる父親と無残な姿となって横たわっている唐人を黙って見つめていた。

われに返った作治は、あわてた口調で勘次にいった。

「勘次、なんばしちょっとか。早くこの唐人ば海に落とせ」

と命じた。

「どがんしても、助かる見込みのなか男たい。楽にしてやったとたい」

作治は自らの行為を正当化するように、勘次に向かって呟いた。

「そうたい。助からん命たい」

勘次は何度も何度も胸の内でそう呟きながらその唐人を抱きかかえて、一番深い奥の瀬に落とし込んだ。

「ザブーン」

その亡骸は目を半開きしたままで、結いこまれた長い髪もほどけて波間に広がり、いかにもこの世に未練を残すかのような悲しそうな表情をしていた。

あっという間に波はその屍を呑みこみ、静かに沖へ沖へと運び去って行った。

茫然として、流されていく唐人の姿を見つめていた二人だったが、しばらくすると正気に戻り、唐人が座っていた箱を見つめていた。

「勘次よく見てみろ。これはいままで見たこともなか見事な船箪笥だ」

船大工の二人は、船箪笥の用途については熟知していた。船箪笥は船頭の地位にある者が管理し、中身は商いの重要な書類や金であることは分かっていた。

その船箪笥は横三尺（九十センチメートル）高さが二尺（六十センチメートル）ほどで、角隅は鉄板で補強され、いたるところに金具が厳重に張り合わされていた。また正面の扉は見事な龍の彫り物がほどこされており、南京錠で固く閉じられていた。

「こん中には銭箱が入っているに違いなかばい。見たこともない千両箱かもしれんぞ」

と作治がいうと、勘次も興奮した面持ちでその船箪笥を見つめなおした。

「これは今度の大風で難破した唐人船の物に違いなか。大変なお宝ば拾ったもんたい」と
作治は興奮した声で言った。

「そうたい。これは拾い物たい。大風で打ち上げられたお宝たい」

勘次は錠前で固く閉じられた船箪笥に触れながら、思わぬ幸運に身を振るわせていた。

その当時、富江藩は幕命により異国船取締りの任を課せられており、海上の漂着物などは必ず届け出なければならない定めがあり、勝手に拾得すると厳しい刑罰を受けるだけでなく、長崎奉行に報告しその処分を待たなければならなかった。

しかし、貧しい漁民の間ではよほどのことがなければ拾得物を届け出ることはなく、密かに余得として所持することは暗黙のうちに行われていた。

夏の終わりから秋にかけてたびたび襲う大風は、大きな被害を毎年のように発生させるが、貧しい漁民にとっては海から思わぬ宝の恵をもたらす一面もあった。

「父っさん。これは大ごとたい。大変な物ば拾ったもんたい」

「そうたい。どえらい恵比寿様たい」

二人は放心したように残忍な犯行が行われた現場にいつまでも佇んでいた。

満潮が近づいたのか八幡瀬に押し寄せる波は、いつの間にか残忍な犯行の痕跡を流し去ろうとしていた。

我に返った二人は急いでその銭箱と思われる船箪笥を荒縄で固く結び、その荒縄に太い綱を通し、満潮を利用して小船に引き上げた。

夕闇が迫るなか、作治と勘次の親子は人ひとりを殺したことも忘れて、長い間潮に濡れた船箪笥を見つめていた。

【閑話休題】

地元に残る勘次ヶ城の伝説では、勘次の父が八幡瀬で六貫目の銀が入った金箱を拾ったことになっている。金箱を拾ったとき、その金箱の上に唐人の頭目が幽霊となって座ってその金箱を守っていたので、勘次の父は「あんたがそこに座っていても何にもならないでしょう。私が回向してあげるからその金箱を私に渡しなさい」と云ったら、その幽霊が波間に消えていったということになっている。

これでは、どう考えても後に起こってくる勘次親子の悲劇的な因果物語の説明がつきません。

真実はもっと凶悪で残酷であったのではなかろうか。ここでは小説としての想像力から唐人六貫目の殺害と金箱の略奪という新たな設定とした。

六貫目様

日暮れを待って、密かに自宅近くの船溜まりに船を寄せた。盗んだ船箪笥を人目につかないように筵で覆い、荒縄で両端を強く縛った。さらに荒縄の真ん中に棒を差し込んで、二人で担いで自宅に持ち帰った。

土間に船箪笥を置くと、疲れがどっと押し寄せ強い睡魔に襲われた。二人はそのまま浅い眠りに堕ちた。

気持ちが高ぶり半刻ほどで目が覚めると、二人は土間に置かれた船箪笥を長いこと放心したように見つめていた。

落ち着いてくると、中に何が入っているのか気になって仕方がなかった。

「勘次、納屋から大工道具ば持ってこい。いまからこん船箪笥ば開けてみよう」

いわれた勘次は、すぐに納屋からノミと金槌を持ってきて、包丁で荒縄を断ち切った。

そして、船箪笥の錠がついた扉の金具の隅にノミを打ち込んだ。

さすがに大工職人である。一見堅ろうに見えた船簞笥もあっという間にきれいに開けられた。

よほどの職人の作とみえ、隙間なく調度された船簞笥からは海水が僅かに溢れ出ただけだった。

緊張と期待で手を震わせながら錠前を取り除き、観音開きの扉を開くと、中は数段の引き出しがあった。引き出しの中にはたくさんの書類の束が入っていた。もちろん二人には書いてある中身については何も分からないし、興味もなかった。急いで書類の束を取り除いて一番大きな最下段の引き出しを良く見てみると挿し穴のついた鍵穴があることに気がついた。

「勘次、その引き出しばこじ開けてみろ。そこに銭が入っているかもしれん」

と作治は勘次に命じた。

いわれた勘次は黙って引き出しの隙間にノミを差込み簡単にこじ開けた。

中には鉛色の塊が何枚も無造作に入れられていた。

「これは何だろうか」

と勘次が聞くと、作治は驚いた様子でその塊を手にとって見つめていた。

小さな島の一大工職人である二人には銀の丁銀などは見たこともなく、小粒の銀をたまに見る程度である。

大坂から西日本は銀貨が基本であった。銀貨は丁銀と豆板銀の二種類であった。ちなみに丁銀三枚（百二十九匁　四百八十グラム）で金二両である。

数十枚の丁銀を両手で持ち上げてみると、銀六貫目と書いた紙がその塊の下から出てきた。

「勘次これを良く見ろ、これは銀だ。たいへんな銭だ。銀一貫目で千匁だ。金一両が銀六十匁の相場だから、銀一貫目（三・七五キログラム）は金に換算すれば約十七両だぞ。それが銀六貫目ということはおおよそ百両になるばい」

「ひっ、百両とな」

勘次は驚きの余り、声にならない声をあげた。

「父っさん、百両といったらおお事たいな」

一両の金さえめったに見ることがないこの田舎では途方もない金額である。多くの百姓は一両の金も生涯に拝むこともなく、一生を終えるのが普通であった。

この時代、最も高給取りといわれた大工の手間賃が江戸で一日の稼ぎが銭三百文（一両で銭六千文）、大坂では銀三匁三分ぐらいであり、現在の相場で約六千円程度であった。

しかし、江戸から遠く離れたこの五島の島では銭の流通そのものが極端に少なく、一日働いても銭二百文も稼げれば腕の良い職人とされていた時代である。

年に二回来航するオランダ船を長崎港口から大波止までの漕ぎ送りする船の水主《かこ》の日当が長い間一日百文であった。物価が上がった天保年間でも一日二百文程度であった。

銭を扱うのはもっぱら町方の商人か漁業家ぐらいのもので、大方の職人は仕事の対価としての現金を得ることは少なく、銭の替わりに米や野菜・魚などを現物で貰い給金代わりとしていた。一般の農漁民になると銭そのものさえ見ることは少なく、必要なものは物々交換に頼る生活であった。

ちなみにこの時代の五島の物価は、畳一枚が銀一匁五分（約二千四百円程度）、真綿七匁銀一匁（千六百円程度）である。また、まともな医療機関すらなかったこの時代、病気になると藩社の武社神社で神主から祈祷してもらうしかなかった。その祈祷料が一朱銀一枚（二百五十文）、現在の価格で一文二十円として五千円程度であった。その祈祷料さえない庶民は山芋や野菜などを土産として神主に支払っていた。

一年間の税金が、銀二十匁（銀一匁は千六百円）もあれば足りた時代である。

もちろん、一般庶民の家には畳を敷いた家はほとんど無かった。玄関戸や雨戸のある家すらなく、玄関には引き戸の代わりに筵をぶら下げている有様だった。

とにかく一般庶民にとって銀六貫目ということは目も眩む大金であった。

銀六貫目が現代の貨幣価値でどのくらいであったかは、基本的に米の価格や諸物価から推測するしかないが、仮に一両を十五万円と推定すると、銀六十匁で一両の両替であった。銀一貫目（千匁）は三・七五キログラムであるからおおよそ二百四十九万円になる。したがって、銀六貫目は現在の貨幣価値に直すと千四百九十四万円になる。つまり、勘次親子は約千五百万円相当の現金を手にしたことになる。

現代の感覚からすると千五百万円といっても家一軒も買えない金額であるが、貨幣の流通が少なかった天保時代の地方では大変な価値があった。

他方、江戸や大坂といった大都市では身分制度がそのものが揺らぎ、貨幣経済が著しく浸透し、大名を上回るような大商人が現れてきた。

江戸時代を通じて天下の台所といわれ、幾多の両替商や大店が軒を並べた大坂では銀五百貫目（千八百七十五キログラム・現在価十二億五千万円）以上の資産家を分限、銀一千貫目（三千七百五十キログラム・現在価値二十五億円以上）を長者といった。大坂にはこうした分限・長者が数多くいた。都市部と地方の経済格差は大きく、現代の比ではなかった。

「父っさん　こん銭ばどぎゃんすっとか。役所に届けるんかい」

と勘次が作治に尋ねると、

「なんば言うとか。いまさら役所に届けらるっか」

ときつい口調で勘次にいった
「とにかく、こん銭ば隠さなければならん。勘次、横座の床板をあげてくれ。そん床下に当面落ち着くまで隠すことにしよう」

横座とは仏壇の前の席で、この地方では何処の家でも必ず戸主が座る指定席である。

二人は横座の床下を三尺（約九十センチメートル）四方に掘り下げ、船箪笥の書類は取り除き、釜戸で跡形もなく焼き捨てた。そして銀六貫目を油紙に包み、さらにその上から筵で固く巻いて埋めたのである。

こうして一仕事を終えた親子は、何事も無かったように浅い眠りについた。

翌朝はなかなか床から起きられなかった。唐人の無念の顔が思い起こされ、自責の念がたびたび脳裏を巡るのであった。

それでも数日の間は何事も無く過ぎ去ったものの、異変が現れるようになったのは八幡瀬の出来事から十日ぐらいたった夜の明け方近くであった。父の作治が物の怪に襲われるようになったのである。

八幡瀬で撲殺した唐人が、寝ている作治の上に跨り、髪を振り乱し氷のような冷たい手で喉首を締め付けるのである。

「何ゆえ、お前はわしを殺して、金櫃を奪ったのだ。早く金櫃を返せ」

とその唐人亡霊は作治の耳元でささやき、のどを絞めるのである。その手をはずそうとして必死で抗ってうなり声を発することから、いつも勘次に起こされる日々が続いた。

「父っさん。どがんしたとか」

「六貫目とはだれかな」

「わしが殴り殺した唐人様たい。その六貫目様が、六貫目様がわしの前に現れるとたい」

作治は六貫目の亡霊が毎夜現れて喉首を締め上げられる有様を青ざめた様子で話した。

勘次は怯え切って血の気が引いた父親の姿を寂しく見つめる夜が続いた。

しだいに勘次との会話もすくなくなり、作治は孤立していった。作治の表情からは精気が消え、黙って海岸に出て長いこと海を見つめることが続き、ノミや鉋を持つ事もなくなった。

いつしか、作治は村の地蔵堂で開かれる念仏講に通うようになった。そのうち覚えたての般若心経を仏壇に向かって唱える毎日が始まった。

観自在菩薩　行深般若波羅蜜多時

照見五蘊皆空　度一切苦厄　舍利子
色不異空　空不異色　色即是空　空即是色
受想行識　亦復如是　舍利子
是諸法空相不生不滅……

いまさら銀六貫目を八幡瀬に捨てに行く訳にもいかず、かといって役所に届け出ることもできず、作治はただひたすら仏壇に灯を点し、般若心経を唱えることしかできなかった。

隣の納戸部屋で寝ている勘次には、そのような父の姿が浅ましく、臆病にみえてまともに口すらきかなくなっていた。考えることは今後この銀六貫目もの銭をどのように使うかといったことばかりで、唐人殺害のことはまるで頭になかった。

一方の作治は連日のように苦しい夜が続くと、つくづく自分のしたことを後悔するようになった。

作治は左手の手首に数珠を巻いて贖罪の証としていた。

それでもたびたび唐人の亡霊に悩まされ、見るからにやつれてやせ衰えていった。

出歩くこともなくなり、一日中家に閉じこもることが多くなった。表情からも精気が消え、一日中ボォーッとしており、思いついたように念仏を念じるのであった。

作治は発する言葉も少なくなり、もっぱら勘次の稼ぎに頼り日々衰えていった。翌年の春には、作治は長い懊悩の末、病を得て体の不調を訴えるようになった。そしてその年の夏にはあっさりと齢四十九を一期として身罷ってしまったのである。

亡骸は檀家である大蓮寺の墓地に埋葬された。小さな霊屋を建てて供養したが参列する村人も少なく、運に恵まれなかった作治の人生そのものだった。

残されたのは勘次ひとりとなった。十九になる独り身の勘次はついつい酒に楽しみを紛らわすようになっていた。

生前の作治は地蔵堂で開かれる念仏講に通うほかは、よく女亀の弥七神社に通い何やら長いこと祈願していた。

そこは安永年間に富江湾の入り口にあたる唐人瀬で大風により碇泊していた唐船の錨綱を、小島郷の亀蔵という若者が包丁を口にくわえ海中に潜り切り離したことから、唐船は漂流して唐人瀬に乗り上げ破船した。小島郷の村民は争って唐船から流された漂流物を拾った。

公然と略奪まがいの行為が行われたことは抜け荷同然の扱いとなり大事件となった。弥七神社はこの事件で犠牲となった弥七を祀る神社であった。

当時の弁差（今の郷長）であった弥七は、抜け荷（バハン稼ぎともいう）の容疑で藩に捕らえられて、長崎立山にある奉行所に送還された。そこで弥七は村民の無罪を言い立てて、全ての責任は自分一人にあると強く主張したのである。

「小島郷民はもっぱら漁業に従事し、海の鮑や漂流物を売却し湖口をしのいでいる。その漂流物の焼き物を拾ったからといって罪を受ける道理はない」と繰り返し主張した。

弥七の巧みな弁舌によって、立山役所での取り調べは無罪となり釈放された。

その帰途に弥七は自分の腹巻に事件の一部始終と裁判結果を記して自害した。

公儀から無罪判決を受けても、藩からの追及やお咎めを受ける恐れがあることから自ら命を絶ったのである。そこは長崎鼻が見える富江に入る手前だった。この弥七の命を懸けた義挙により、小島郷民は救われたのである。

小島郷民は村を救った神として、唐人瀬が見渡せる女亀の海岸傍に小さな祠を建てて手厚く弔ったのである。

作治は、同じ唐人船の漂流物にかかわる弥七に何やら不思議な因縁を感じて、誰にも話せない八幡瀬の出来事を弥七に語り掛けて贖罪としていたのである。

父の作治からの遺言は、唐人六貫目様の七回忌が終わるまで必ず朝夕の勤行を果たすこと。そして、金の処分は六貫目様の七回忌が終わるまでは絶対に手をつけてはならないが、その後はお前の才覚によって自由にしてもよいが、できたら郷民のために役立ててほしい。

残った金があれば、大蓮寺の和尚に頼んで六貫目様の菩提をとむらう墓を作って貰いたいと何度も繰り返し言うと静かに息を引き取ったのである。

【閑話休題】

台風による中国船の避難は平成の今の時代にも頻繁に繰り返されている。

最近では平成二十四年七月十八日に台風七号を避けるため、中国の底引き網漁船百六隻が大挙して五島市玉之浦町の中須湾に避難したことから地元では大変な騒ぎとなった。

玉之浦港は日中漁業協定による国際緊急避難港に指定されていることから、避難してきたわけであるがその船団はとても従来のボロボロの中国船のイメージではなかった。百トンから五百トンの大型船で装備も近代化しており、過去の中国船の面影はなかった。日本の五トンから十トン程度の漁船とは比較にならない規模で、経済成長著しい中国の底力を見せつけられた。

玉之浦町の人口は二千人弱である。一方、避難してきた中国船には三千人からの乗組員がいたのである。

全てが漁民とは思われず、昨今の中国による海洋支配の意図を見せつけられたが、平和ボケの日本ではマスコミで取り上げられることもなく、中国の東シナ海の実効支配の既成事実だけが残った。

こうした中国の動きに過去の元寇の来襲を思い浮かべる人もいるが、日本の政治体制は中央集権体制そのもので、五島という辺境の島の位置づけとその出来事について真剣に議論が行われることはなかった。

五島に限らず、大切な領海を守る離島防衛のあり方に真剣に取り組んでもらいたいものである。

賭場がよい

独りになった勘次は、しばらくは父親の遺言を守り、朝夕の勤行を務めていたが、いつしかその勤行も怠けるようになった。

それでも何事も起こらず、平穏な日々が続き、仕事もこれまでになく多忙になった。秋には藩から富江川口番所から対岸の大浜村まで渡る四丁艪の渡海船を造るようにと命じられた。

富江湾を横断するこの航路は、福江城下に行く最短のコースであり、多くの領民が利用し、また物資の輸送にも不可欠であった。

勘次は毎日のように港の船着き場にある川口番所の役所に出向き、近くの舟手町にある作事場で船作りに忙しく働いた。

一艘の船を作るにも、材料である材木の吟味やその手配、碇や金具類の調達と様々な下工程があり、それらの段取りをするのも船大工である勘次の仕事である。材料の仕入れで福江に赴くこともあり、自然と付き合いも多くなって、毎日酒を飲んで帰るような忙しい日々となった。

こうして天保十三年（一八四二）は多忙のうちに暮れていった。

年が明けても浜方の漁師から小船の修理が相次ぎ、さらには近郷の村々からも桶・樽・枡などの注文が相次いだ。

勘次の評判も上々で、仕事ができる大工としての評判が高まった。

父親の死から二年目の弘化元年（一八四四）の春には、五百石積みの藩船『蔵吉丸』の大規模修理の大仕事が舞い込んできた。それも大工棟梁として全体を差配せよとの藩命であった。

「これは、えらいことになった。これまで何事もなく仕事をこなしてきたのも親父が側面から手伝ってくれたからで、わし独りの力でやり終えることができるだろうか」

考えれば考えるほど父親の存在が大きく、心細くなった。

五百石の大型船である。伝馬船程度の小船なら何度も経験しているが、大型の藩船となると皆目要領が分からず不安は増すばかりだった。

誰一人として相談する人もなく悩んでいると、隣村の小島郷の浜百姓で佐吉という一本釣り漁師と川口番所からの帰りに偶然に出会った。

「勘次兄じゃなかね」

このあたりの方言で、実の兄または目上の男の人に対しては、バン（兄）と親しみを込めて呼んでいる。勘次兄とは「カンジバン」のことである。

「最近景気がよかみたいじゃね。俺もあやかりたいよ。ちょっと一杯どぎゃんね」

今年で十九になる佐吉は、漁師村である小島郷の中でも腕の良い漁師として一目置かれる存在ではあるが、漁師特有の気の強さから酒が入ると喧嘩が絶えず、一匹狼的なところのある男である。

「番所の手前に上五島の魚目衆が泊まる宿があっじゃろが、その宿の裏手に近頃よか飲み屋ができたんで一緒に行ってみんか」

番所の周辺には魚目屋・大坂屋・肥前屋・筑前屋といった旅宿が四軒あった。周辺には呉服屋・金物屋・薬屋・油屋なども軒を並べ、さらには小さな日常雑貨屋などの小店なども数軒立ち並び、この町の商業の中心であった。

まんざら酒が嫌いでない勘次は、ここ数日仕事のことで悶々としていたことから佐吉の誘いに乗ることになった。

その店の屋号は『えのきず』といった。

富江藩は富江半島一帯の知行地のほかにも宇久島の一部、さらには上五島の魚の目・青方にも知行地を持っていたことから、上五島との交流が盛んであった。もちろん、公用で徴集される工事人夫が大半であるが、なかにはそれらの人を目当ての商売人もおり、『えのきず』もそうした出稼ぎ商人の店だった。

「よか店たいね」

佐吉は店に入るなり、まるでなじみの店であるかのように奥の一角を占めた。

薄暗い店の中には、見知らぬ三人ほどの男達が静かに呑んでいた。

「勘次兄、こっち来んね。今日は誘った俺の奢りたい。好きなもんば頼まんね」

佐吉は二合徳利を二本と焼き魚に煮染をそれぞれ二人分注文し、勘次にどんどんやるように勧めた。

「あがは、みじょかね（あんた、かわいいね）」

雇女中にさんざん軽口を言いながら、佐吉は上機嫌だった。

「ところで、勘次兄は蔵吉丸の修理方の棟梁となったと聞いたが本当な」

「ほんなこったい。そいでここ何日か悩んでいるばい」

「悩むも何もあるかいな。船大工として生まれたからには、藩船の棟梁になることは男一代の誉れじゃなかか」

「五百石積みの藩船ぞ。簡単なもんじゃなか。正直なところ棟梁として間違いなく仕事が差配できるかが心配たい。万一、しくじれば俺はこん富江にも住めんごとなる」

勘次は強い口調で佐吉に言い返し、酒をあおった。

「なんば気の弱かことば言うとか。ここが勝負どこじゃなかか。勘次兄の経験と腕があれば、何んも心配はなかよ。さあ、どんどん呑んでくれ」

「船足軽の佐野様や釜我様からもきつく言われており、俺もきつかとばい」

富江藩には船足軽という独特の制度があった。江戸・大坂へ行くときの藩船操舵や船の管理を代々世襲していた。それは古くからの水軍の歴史を物語る存在でもあった。

気弱な勘次は、これまでの悩みをつらつらと訴えたが、酒の勢いで次々に杯を重ねた。

意気投合した二人は、酒の勢いに任せて身の上話から日頃の不満まで話す間柄となり、店の閉店の刻限も忘れて飲んでいたため、店主からしぶしぶと追い出された。

上機嫌で店を出た二人は、常夜灯の明かりに導かれるように海岸端を目指して歩いた。目の前にはこんもりとした和島の黒い影がまじかに見えていた。酔い覚ましもかねてなおも番所近くの船着場で話し込んでいた。

「ところで勘次兄は、だいぶ銭ば貯めこんでいるとの噂だが・・・」

と砕けた調子で佐吉が聞いてきた。

「誰がそがんつまらん噂ばすっとか。親父が残してくれた僅かばかりの銭は持っているが、たいしたもんじゃなか」

「すまんすまん。人の懐の中身ば聞いてしもうて」

佐吉はすまなそうに頭を掻いたが、それ以上はそのことには触れなかった。

「勘次兄は、仕事以外で何か楽しみはあっとか。いまだに独り身だし、あっちの方はどぎゃんしとっとか」

とにやにやしながら佐吉が聞いてきた。

「何も楽しみはなか。仕事を終えてからの晩酌が唯一の楽しみたい」

「泉河にも行かんとか」

泉河とは、富江の入り口にある小さな女郎屋である。

「おいはそげんな処には行かんばい。そんな金もなか」

「そりゃいかんばい。たまには羽目を外さんと若っか者が体に毒ぞ。職人町に藩が建てた非常蔵があっじゃろが。あそこでたまに丁半博打があるらしかよ。誰でん入られるらしかけん、ちょっと覗きにいかんね」

「俺は博打みたいなもんはせん」

「そがん固かことばいわんで、ちょっとばっか行ってみようや」

「おいは藩の御用を請け負う身ぞ。万一、露見したらこん富江から間違いなく追放されるばい」

「博打といっても、このあたりの百姓や漁師さらには足軽衆が小銭を賭ける程度で暇つぶしみたいなもんよ。お役人もその辺の事情はよく知っていていまだ一度もお咎めはなかよ」

佐吉は嫌がる勘次を無理やり誘い、職人町のはずれにある非常蔵を目指して歩き出した。

左に漆黒の富江湾を見ながら漁師町である小島郷のくねくねとした狭い道を抜けると、すぐに職人町の村はずれにある非常蔵の前に着いた。

「ここたい」

そこには、一尺四方の石を厚さ三寸程度に加工して堅固に組み込まれた石倉が建っていた。富江藩第七代藩主五島盛貫が昨年の六月に建てた町方の非常蔵のひとつで飢饉の際の食糧貯蔵庫であった。

「こぎゃんなところで博打ばすっとか」

勘次は自分が住んでいる職人町の足元で公然と博打が行われていることをはじめて知った。

「ここは職人町のはずれで、どがん騒いでも声が外に漏れることはなかよ。また、中の行灯の灯りも外に漏れる心配はなかばい」

佐吉は何度か来たことがあるのか、細々と事情を話した。

「さあ勘次兄、中へ入ろうぜ」

佐吉は石倉の入口に来ると、その入口に向かって小さな声をかけた。

「小島の又蔵さんはおらんかな」

と声をかけると中からすばやく入口の扉が開かれた。

「さあ、勘次兄なかに入ってくれんね」

佐吉は、なおも躊躇している勘次の背中を押しながら石倉の中に入った。

そこは十畳ばかりの空間が広がり、百目蝋燭が油煙をあげていた。蝋燭に照らされた薄暗い石室内には盆莫蓙《ぼんござ》を十人ほどの人間が囲んで丁半博打に熱中していた。何人かの顔見知りもおり、古畳を二枚重ねて、その上に白い布を覆ったにわか作りの盆莫蓙を囲んで座っていた。

「船大工の勘次じゃなかね。最近、よか景気と聞いとるばい。遊んでいきなされ」

と一座の支配役と思われる小島郷の又蔵から声をかけられた。

「今日は酔っており駄目ですばい。それに俺は初めてじゃけん、今日のところは見るだけにさせてくれんかな」

「ゆっくり見ていってくれんね。みんな楽しみでやっているだけで、賭け金もかわいいもんだよ」

盆茣蓙では、顔も見たことがない中盆が威勢のいい声をかけていた。腹に晒をきりっと巻いたいなせな男の肩から胸と背中にかけては、女が髪を振り乱した恐ろしい絵柄と般若の刺青が鮮やかな色で彫り出されていた。

「さあ、張った。丁か半か。張った、張った。さあ、さあ」

中盆の壺振りは威勢のいい声で、盛んに客を煽り立てた。

勘次は石倉の隅に座り、静かに賭場を眺めていたが、盆茣蓙を囲んだ連中の目は血走り、鉄火場そのものであった。

又蔵はそんな勘次の様子を長火鉢の前に座って、注意深く見ていた。

「勘次、どがんね。ちょっとばかりやってみんね。面白かよ。酒も女もよかが、博打こそ男の遊びの醍醐味だぞ。博打は身を滅ぼすといわれちょるが、それは酒も女も同じことたい。身のほどを考えてやれば何も恐ろしかことはなかばい」

二十を過ぎてままならぬ世間の風に嫌気がさしていた勘次はしばらく躊躇していたが、やがて意を決したように言った。

「それでは一回だけやらせてくれんですか」と言うと、盆茣蓙の前に進み出た。

勘次が木札三枚を融通してもらうと、すぐに目の前に三枚の木札が並べられた。

中盆の持つ壺が持ち上げられると、壺の中でカラカラとサイコロの乾いた音がした。振り落とされた賽の目は、丁と張った勘次の予想通り一と五の偶数と出た。調子に乗った勘次は続けざまに三回張ってみたが、すべてを当てた。

「いやー、勘次は博打の才があっぞな。何も知らない素人ほど恐ろしかもんはなかばい」

又蔵は勘次に向かって、また儲けに来んねと盛んに誘った。

賽の目の単純な賭けは、浮世を忘れさせる不思議な魅力があった。

「勘次兄は博打の才があっぞな。六百文とは凄かばい。大工棟梁の三日分の稼ぎたい」

佐吉は帰りの道すがら盛んに勘次を褒めて、次も来るように勧めた。

勘次もまんざらでなかった。あんなに簡単に銭が稼げるもんなら、たまには顔出しても面白いと思うようになった。

それからである、勘次は月のうち三回行われる博打場に毎回欠かさず出て来るようになった。

客はそのつど変わっていた。ほとんどの者が漁師であった。なかには対岸の大浜村や崎山村辺りから船を漕いで来ている者もいた。

威勢のいい壺振りの中盆の常吉という男は福江の丸木から来た漁師崩れだった。

はじめのうちはお客様扱いで勝ったり負けたりの繰り返しで、余り損は出なかったが、三月も通うようになるとついつい賭け金も大きくなり、だんだんと負けが込んでくるようになった。

持ち金で遊んでいたつもりが、いつの間にか負けを清算しないで胴元から借りてするようになり、その負け金の額もどの位になったかも分からないほどにはまり込んでしまった。

仕事にも身が入らなくなり、増えるのは晩酌の酒と博打の借金だけとなった。

家で晩酌しながら、いざとなったら床下の六貫目様のお宝を少しばかり拝借すれば何んとかなると考えるようになった。

【閑話休題】

藩社である武社神社神主の月川日向が天保三年（一八三二）から明治十八年（一八八五）までの五十三年間にわたって毎日の日常についてこと細かく書き残した日記が残っている。その中の天保八年三月二十九日の記述を見ると、当時の藩が下した博打の評定が分かる。それによると横ヶ倉村本左衛門妹とめ宅にて社人や職人の五人が博打を打ったことが判明し、首謀者であった職人町の与吉・沢平の二名は、山ん田という最も不便な村に所替の処分を受けている。

富江藩の百姓は土地を所有することが許されず、百姓は藩田を毎年籤引きで耕すか、知行取の藩士の田を小作するしかなかった。土地の所有が認められていなかったことから、百姓は罪を犯すと生まれ育った村から引き離された。いわゆる藩内での流罪処分が行われている。このようにささいな賭け事といえども大変厳しい処分が行われ、過酷な藩政の一端を読み取ることができる。


いつものように、舟手の作事場で藩船の仕事をしていると、佐吉が盛んに手招きをしているのが見えた。

「勘次兄、又蔵さんが早く借金ば返して貰いたいとわしにうるさく言うのでほとほと困っているとよ。何とかならんね」

「ほいで、おいの借金はいくらかいな」

佐吉は言葉で言いにくいのか、左手を全部開いて見せた。

「五両かいな」

佐吉はうなずいたまま黙っていた。

「五両とは大金だ。おいはそんに負けとらんぞ」

「それが場所代や胴元への礼金などを入れると五両になるそうたいな。お前様もお上の仕事を請け負う身、ここは黙って払った方がよかと思うがどぎゃんだろうか」

と勘次の弱いところをついてきた。

二人は気まずくなり、しばらく沈黙が続いた。

「分かった。いつまでに払えばよかか」

「なあに十日のうちに払えば角は立たんと思うが」

勘次には五両の持ち合わせはなかった。

ちなみに五島農家の貴重な財産である雄牛の成牛（現在のトラクター？）がこの当時三両前後で取引されており、五両というのはそれくらい値打ちがあった。

ここは六貫目様のお宝をちょっとばかり拝借することにしよう。なあに百両からのお宝のほんの一部だ。六貫目様も許してくれるだろうと考えを巡らせていた。

その夜には、横座の床板をあげて三年ぶりに床下に埋めた船箪笥を掘り出した。銭箱の中を見てみると父の作治と埋めたままの状態で何の変わりもなかった。そのなかから、なまこ型の丁銀数枚と小粒の銀を取り出し、翌日には川口番所近くにある藩の御用両替を兼ねた本陣宿の大坂屋を訪ねた。町乙名で藩一番の有力商人である古本藤兵衛が出て来て対応したが、何も聞かないで黙って小判五両を都合してくれた。

何か不信がられるのではないかと心配していたが、余りの簡単な対応にほっとしながら、小島郷の佐吉宅を訪ねた。

「ほう。黄金五両とは大儀なもんたい。それもいっぺんに払うとは驚いたばい。生まれて初めて五両もの金を拝ませてもらったよ」

佐吉は勘次が五両の大金を一度に支払うとは思っておらず、驚きの表情をしていた。

「なあに、方々からの借金と親父が残してくれた銭のおかげたい。もう、博打はこりごりだから、二度と誘わんでくれ」

「それにしても五両の金をよく都合したもんたい。勘次兄は金持ちたいね。どがんしたら銭が貯まるか一度教えてくれんね」

さんざん佐吉から嫌味を言われても、勘次は黙ってやり過ごした。もう、こいつとは金輪際の付き合いはないと思うと腹立たしい気持ちも治まり、早々に帰宅した。

しかし、一度金銭のうまみを知ると人間は弱いものである。それからというもの勘次は度々床下の船簞笥を掘り起こしては、少量の銀を取り出して使うようになった。急に金使いが荒くなり、羽振りが良くなったのである。

自宅を大幅に手直し、高価な大工道具も揃えた。さらには古い納屋をきれいに建て直した。

夜になるとあちこちの飲み屋に顔を出し、その生活態度も少しずつ荒れていった。泉河という女郎屋にも足しげく通うようになった。

父親が死んで以来、父親に起こっていた不思議な出来事は勘次の身の上には起きなかった。そんなことから自然に大胆になっていったのである。

そんな平穏な日々も長くは続かなかった。

それは弘化元年（一八四四）の師走に入った寒い日の夜のことであった。

いつものように飲んで帰ってから、早々と床についたものの何故か眠りにつくことができなかった。真夜中に起きだして寝酒を飲んでいると、床下の方から弱々しい声で「勘次」「勘次」と地の底から湧き出すような低く不気味な声が聞こえてきた。驚いた勘次は流し台の包丁を手に身構えながら、その声のする方向を見据えた。

暗闇の中を必死に目を凝らして見ると、仏壇の隅に黒い人影が現れた。髪を振り乱し、頭を割られ黒い血を滴らした恐ろしい姿の唐人六貫目の亡霊であった。

余りの出来事に驚愕した勘次は腰を抜かし、へたへたと横座の前に崩れるように座り込んだ。

「わしが誰であるか分かるか勘次。わしはこの家で祀って貰っている唐人の六貫目だ。お前達親子は瀕死のわしを殴り殺し、大切な金箱と書類を奪った。よくも金箱の金に手をつけたな。汝の親父との約束はわしの七回忌が終わるまでは朝夕の念仏を欠かさないとの約束だった。然るに汝はそのことを忘れ、あろうことか金に手をつけ、最近では念仏のひとつも唱えない」

と言われたとたんに勘次の体は宙に浮き、土間に投げ出された。

「六貫目様許してください。私が悪うございました。抜き出した銭は必ず働いてお返しします」

勘次は土間に頭をこすりつけるようにしながら必死に許しを請うが、そのたびにひとりでに体が浮き土間に叩きつけられた。

「どうかお許しください。毎日の灯明と念仏は欠かさず行います。どうか、どうか成仏してください」

勘次は必死で六貫目の亡霊に許しを乞うた。

六貫目の亡霊は恐ろしい表情をしたまま、黙って勘次の哀れな姿を見下ろしていた。

額から血を流し、土間の上で目が覚めたのは一番鳥が鳴く夜も明けやらぬ早朝だった。

さすがの勘次も近くの水神様に参って、そこの泉水で身を清めて一心に仏壇の前で般若心経を唱えた。

それでも六貫目の亡霊は、しばしば枕元に現れ、そのつど土間で目が覚めるといった日がしばらく続いた。

仕事にも身が入らなくなり、ついにはおかしなことを口走るようになった。

正念坊河

毎晩のように六貫目の亡霊に悩まされ、すっかり憔悴した勘次の顔色からは精気が消え、その態度にも落ち着きがなくなり、何かに怯えているような表情が目立つようになった。

仕事場でも、海の向こうから恐ろしい顔をした六貫目の亡霊が突然現れるといった幻覚に襲われたりして、途中から仕事を投げ出しぼんやりと遠くを見つめていることが多くなった。

仲間内との付き合いも無くなり、毎日のように飲んでいた酒もプッツリと飲まなくなった。顔色も悪く、その表情からは精気が失せ、目だけが何かを求めるように焦点が定まらず彷徨っていた。

しだいに仕事仲間からも相手にされなくなった。

棟梁の勘次の様子がどうもおかしいと噂が立てられている頃だった。

勘次の家が荒らされたのである。さんざんに荒らされ、隅々まで物色されていた。床はめくり上げられ、引き出しの中は全て物色されていた。明らかに物盗りの仕業だった。勘次が小金を貯めこんでいるとの噂がたっていることは知っていたが別段気にかけてはいなかった。

いったい、何処のどいつが荒らしたのか。佐吉か又蔵か、何人か思い当たる人物を思い巡らしてみたが、そのうちどうしようもできないことに気がついた。役所に届け出ることができないことは勘次自身が一番良く分かっていた。

納戸の奥に隠していたいくばくかの小銭とノミや鉋などの大工道具の一部がなくなっていたが、幸いなことに横座の床はめくられていたものの地面を掘り返した形跡はなかった。勘次は船箪笥の銭箱から銀だけを抜き出し、その銀を油紙に丁重に包んで別の場所に埋めて隠していた。

さらに銭箱の入っている船箪笥は仏壇の裏を細工して隠していた。その仏壇の中も荒らされた形跡はなくほっとしたのである。

勘次親子は同じ職人として余りにも見事な船箪笥を作った名も知らぬ指物師の仕事振りに敬意を表して、解体し処分することがどうしてもできなかったのである。

しかし、このことがあってからは銀の隠し場所は隠し通せても、いつ仏壇裏の船箪笥が露見するかが不安になってきた。何としてもこの船箪笥を処分しなければと考えを巡らしていた。

思いあぐねていると、職人町と家中屋敷の境に古井戸があることに思いが至った。

その場所は陣屋大手門前の家中屋敷通りを抜けた職人郷との境で、家中の藩士達の剣術の稽古に使う古い稽古場であったが、今は使われることもなく放置されており、建物は朽ち果てていた。その稽古場の裏から一丁ばかり離れたところに正念坊河という古井戸があった。この地方の方言では井戸のことを『カワ』と呼んでいる。正念坊河の辺りは鬱蒼と木々が生い茂り、子供達は決して近づかない気味の悪いところだった。

その昔、正念坊という若い坊さんを家中の藩士が無礼討ちにして、放り込んだ古井戸であった。

父親の作治は、この近くを通るときは必ずお経を唱え、その無念の坊さんを供養していた。それは正念坊の供養もさることながら、六貫目の怨霊に対して経を唱えていたのだろうと今になって勘次は思うようになった。

「そうだ。あの古井戸なら誰も近づく者はなく、間違いなく安全な場所だ」と思いつくと、その夜には仏壇裏に隠した船箪笥を取り出し解体した。錠前や締め金具などは木片と区別して荒縄でひとまとめにして、その上から蓆で覆い強く縛った。そして、その夜更けにひそかに正念坊河に行き、井戸の中に生い茂る草などを押しのけ、重石となる石をつけてその船箪笥の木材の塊を落とした。

「ガーン」

「ガーン」

「ドボーン」

と鈍い音とともに船箪笥は落下していった。

「ブクブク」と木材の塊が深く沈んでいく水音が耳に残った。

勘次は茫然として、片手に提灯を持ったまま、炎に照らされた古井戸の前に佇んでいた。

いつの間にか、勘次はその古井戸の前で念仏を唱えていた。あれほど父の臆病を軽蔑していたが、いまは自らが父の仕草をしていることに勘次は気づかなかった。

ある日のこと、勘次は八幡瀬の出来事以来繰り返される不幸や凶事のお祓いのために藩社である武社神社を訪ねた。

武社宮は富江藩の手厚い庇護により、領民の尊崇の念は篤く、各地から様々な人々が祈願のために押しかけていた。

勘次は開運祈願のため、銀二匁を神前に収めた。評判高い六代目神主である月川日向からお祓いと祈祷を受けたのである。

飛行機や自動車といった交通手段の無いこの時代の庶民の生活は驚くほど神がかりであった。人々は農作物の豊凶や旱魃による雨乞い、さらには漁師の大漁祈願から、個人の病気平癒祈願と何事であれ神にすがったのである。

江戸・大坂といった大都市と異なり、これといった医療機関がなかった地方では、いったん病気になると神社や寺に頼る以外に手段はなかったのである。その役割も病気平癒や日常生活での縁起や厄除けさらには安産祈願と庶民の様々な思いを託されたのである。

そこには迷信や非科学的な俗信に頼よらざるを得ない貧しい庶民の生活があった。

六代目神主の月川日向、その子相模さらには孫の清水と三代にわたる日誌（天保三年〜明治十八年の五十三年間）を見てみると、五島の各地の村々から風雨、寒暑、徹夜も問わず武社宮を訪れ、神殿に額ずき神主から祈祷を受けている。重病の者は神主のために送り迎えの馬を寄越して、祈祷してもらっている。

現代人から見れば、祈祷という非科学的な俗信であるが、当時の庶民にとっては唯一の救いの場でもあった。領民の神主月川日向への信頼と信用は高く、年間二千人以上の人々が身分を問わず武社宮を訪れ、祈祷してもらっている。そのため名のある五島の神社の神職の生活は豊かで、上級武士並みの生活だった。田尾・丸子・黒島に分社があり、社人の数も五十人からいた。それは代々の世襲で一本の刀を差すことが許され、何人かは藩から扶持も出ていた。

当時の人々の病は様々であったが、日向が残した日誌を見てみると主に眼病や皮膚病といった不衛生や栄養失調からくる病が多かった。

特に、眼を患う人は驚くほど多かった。今でいうトラホームである。

参考までに弘化元年二月四日付の日向日誌を見てみると、当時の庶民のありのままの生活の一部を垣間見ることができる。

一、同日　小島の二十七歳のとめ眼病につき祈念。御初穂一匁二分
一、同日　桑原金五衛門殿家内矢張り不快につき祈念。御初穂四匁
一、同日　町人の群蔵にわかに占事に付参り、御初穂一匁二分
一、同日　皿山の松太郎病気に付祈念。御初穂一匁二分
一、同日　山下村より病人これ有り、迎えに参り罷りこす。御初穂一匁二分
一、同日　穎原養拙殿この度出府なされ候に付、暇乞い罷り出申し候。右に付、御肴料として二朱持参。

といった具合で、毎日多くの病人が遠くから駆けつけている。日向は祈祷をする傍ら藩士との付き合いも頻繁におこない多忙な日常を送っている。

この日向日誌の中で勘次が祈祷に訪れたことが記録されている。
それは弘化二年（一八四五）三月二十一日付の出来事として日記に記されている。

一、同日　職人町の木挽勘次二十歳のところ、病気に付祈念。御初穂料三匁。

気がふれたことにより富江の町を追われ、後年、勘次ヶ城と呼ばれる場所に住み着いて間もない頃であった。

体調不良を感じた勘次は武社宮に祈祷と開運祈願に来ている。おそらく、ここで神主の日向に己の身の上について相談したことであろう。このとき二十歳であると申し出ているから、勘次は文政八年（一八二五）の生まれであることが分かる。また、職業も木挽とあり今でいう製材業であったことが分かる。おそらく、木挽きを本業としながらも船大工として藩の御用も請け負っていたのであろう。

神仏のご利益か分からないが、それからしばらくは亡霊にうなされることもなく、土間に叩きつけられるといった不思議なこともなくなり、平穏な日々が続いた。これで六貫目の怨霊も立ち消えてしまったものと安心していた。

一月も経つと、すっかり落ち着きを取り戻し、表情にも精気を取り戻したのである。

仕事もはかどるようになり、以前と少しも変わらない生活が続いた。

仕事を終えると、舟手の職人仲間と近くの飲み屋で憂さを晴らし、何かを忘れるかのように酒を呑んで帰る日々が続いた。

しかし、酒を呑んで忘れようとすればするほど、六貫目の無念の表情が浮かんでは消えた。寝酒を呑んで床についても、波荒い八幡瀬に佇む六貫目の憤怒の姿が浮かんだ。

そんな日々が毎夜続くようになってから、しきりに正念坊河に沈めた船箪笥のことが気になるようになった。仕事帰りもわざわざ遠回りして、その古井戸の前で念仏を唱える勘次の姿が見られるようになった。

いつものように古井戸の前で経を唱えていた勘次は、いつになく嫌な胸騒ぎを感じた。もしかして、沈めた船箪笥の一部でも浮かび上がってはいないかと気になりだしたのである。

しかし、船箪笥のことが気になって仕方がなかったものの、井戸の中を覗く勇気はなかった。

梅雨も明けた弘化元年（一八四四）七月の夏の暑い日暮れだった。仕事を終えての帰宅途中にまたも胸騒ぎを感じた勘次は、何かに導かれるように正念坊河の近くに来ていた。

勘次は、注意深く周りを見渡した。人気がないのを確認した勘次は、夏草で覆われたその古井戸に身を乗り出して覗き込んだ。両手で夏草を掻き分け何か水面に浮かんでいないか必死で覗き込んでいた。井戸の中は暗くてよく分からなかったが、水面が僅かにわだちしているように見えた。そのときである暗い井戸の底から、かすかに「勘次」と呼ぶ声がしたのである。驚きの余り勘次はあわてて井戸の枠縁から手を離した。

その瞬間に左手首に巻いていた父親の形見の数珠が手首からすり落ちたのである。それと同時に水面から突然髪を振り乱した男の顔が浮かびあがり、見ている間にその顔は大きくなった。そして大きく裂けた真っ赤な口を開いてその落ちていく数珠を飲み込んだのである。

勘次はあまりの恐ろしさに気を失い、その場に倒れた。

気がついたときは、自宅の居間に横たわっており、数人の村人が勘次の様子を覗き込んでいた。

朝早くに近所の村人が正念坊河の前で倒れている勘次を発見し、自宅に運び込んだのである。

「勘次、大丈夫か」

「どがんしたのか」

村人が勘次を案じて声を掛けても、勘次からは何の反応も無かった。食事の差し入れをしても食べる様子もなく、ただボーッとして遠くを見つめているだけでだけであった。二三日経っても勘次の様子に変化は見られなかった。目はうつろで、口からは涎を垂らし、しきりに念仏を唱えていた。

勘次は狂ってしまった。

仕事に行くこともなくなり、終日家にこもり仏壇の前で念仏を唱える日々が始まった。

勘次のこうした奇行から、次第に村人からも相手にされなくなっていった。

それからしばらくすると、勘次の姿が富江の町から消えたのである。

放浪

姿を消した勘次が発見されたのは、隣領である中須村の海岸である。

勘次は富江領内に居づらくなり、本家福江藩の村々を物乞いしながら生活していた。決まった寝床もなく、村々の神社、地蔵堂の中で雨露をしのいで、行く先々の村人の桶や樽の修理を請け負ってその日の糧を得ていたが、その身なりや言動から相手する村人もなく、物乞い同然の境遇に堕ちていた。

二本楠村から幾久山村と続く厳しい獣道の折口峠を超えて、知り合いのいる中須村に来た時は、陽も傾いた夕刻だった。やっとのことで知り合いを訪ねたが、その薄汚れた勘次の姿と訳の分からない言動から全く相手にされなかった。

やむなく今夜の寝床を求めて小川村に向かって歩いていると、中須の奈切海岸に出た。そこは大潮により一面の干潟が広がっていた。

複雑な入江が続く玉之浦湾の一部で奥深い入江がこの中須湾である。

勘次は今夜の糧を得ようと、干潟に下りて小さな岩場を探した。ここにも富江の多郎島の干潟のように蛸がいるに違いないと思い、必死になって岩場の穴倉を探すが富江の干潟と違って一匹の蛸も見つけることができなかった。

夢中で蛸を探しているうちに、気がつくと潮が満ちてきており、あっという間に腰の辺りまで浸かっていた。

勘次は身じろぎせずそこを動こうとしなかった。このまま死んでしまおうと思っているうちに気を失ってしまった。

そのとき、偶然に近くを通りかかった弥助という村人が、勘次の異様な姿を発見し助けたのである。

弥助は意識がもうろうとしている勘次を自宅に連れ帰り、自分の古着を与えて暖をとらせたが、勘次の表情は焦点が定まらないうつろな眼をしており、なにやらさかんに念仏を唱えていた。

「ナンマンダブ　ナンマンダブ　六貫目様」

と繰り返し言ったかと思うと、両手を合わせて

「観自在菩薩　行深般若波羅蜜多時

照見五蘊皆空　度一切苦厄　舎利子・・・」

と般若心経と思える読経を小さな声で何度も何度も唱え始めた。

弥助が何を聞いてもひたすら読経を繰り返すだけで、問いかけに何の反応も示さなかった。

困り果てた弥助は村の庄屋である金兵衛宅を訪ね、ことの顛末を知らせたことから、勘次は金兵衛に引き取られた。

勘次は金兵衛宅の勝手口の上がり框に座らされた。

そこには、小頭以下の村役数人がおり、興味深かそうに勘次の周りを囲んでいた。

「あんたの在所はどこかね」

「名はなんというんかね」

金兵衛が何度同じことを尋ねても、勘次の口からは意味の分からない言葉と六貫目様の念仏だけだった。いよいよ困った金兵衛は、とりあえず玉之浦村の代官所に届け出することにし、村の若い衆二人に伝馬船の用意をさせた。

中須村は玉之浦湾という深い入江の奥まった所で、代官所のある玉之浦に行くには船で渡海するしかその連絡方法はなかった。

役人が来るまでは金兵衛の離れの一室で勘次を休ませ、さかんに身元を尋ねても要領のある返事はなく、食事を与えても食べる様子は無かった。

翌朝早くには、玉之浦から従者一人を引き連れた足軽が出向いてきて、その日のうちに取調べが行われた。

不思議なことに、勘次の様子は前日とは打って変わって落ち着いており、表情も常態の人と変わりはなかった。

「わしは、玉之浦代官所の下職で藤田五兵衛と申す者だが、お前の名は何と言うのか」

問われた勘次はしばらく黙っていたが、やがてポツリポツリと話しはじめた。

「私は、富江の職人町で船大工をしている者で、名を勘次と申します。この度はお騒がせしまして申し訳なかです。商いのために中須村に来ましたが、商いも思わしくなかったので小川村に行こうと奈切の海岸に出たところ、大潮で干潟が広がっており、蛸でも捕まえようと岩場を探していたら、潮が満ちてきて溺れてしまったようですが、その後のことはよく覚えていません」

「何も覚えていないとな。それは困ったもんだ。富江とならば他領のため、お前の在所の役人に報らせなければならんばい。これから、人を遣わし、お前を迎えに来て貰う事になるので、あと一日ほどこの金兵衛宅に世話になるがよか」

と言い渡されると、藤田はなにやら書付をして、これを富江役人がきたら渡すようにと金兵衛に言い渡すと、藤田とその従者はもと来た伝馬船で帰っていった。

勘次は世話になった金兵衛と弥助のために、何かお礼をしたいと言い出し、近くの竹林に入り、孟宗竹数本を切り出してくると、その日の夜遅くまでかけて一升枡と竹籠数個を作り、翌日の朝にこれを世話になった村人にお礼として渡した。

「おお、これは見事な枡だ。お前さんは富江ではさぞ名のある大工であろう」

金兵衛と弥助は心から勘次の仕事振りを褒めて、早く病を治すよう諭した。

その日の昼刻過ぎには、富江目付下職の足軽楠本伝兵衛と職人町の小頭である吉兵衛の二人が金兵衛宅を訪ねてきた。

職人町の小頭吉兵衛が勘次に向かって「これまでどこに行っちょったのか」「体の具合はどがんか」などと質問しても、勘次は曖昧に答えるだけだった。

やがて勘次は二人の富江役人に引き取られ、中須村から小川村と慣れ親しんだ道を富江に向かって帰っていった。

しかし、ふたたび奈切の海岸辺りに差し掛かると、なにやらおかしいことを口走るようになり、焦点が定まらない目つきとなり、繰り返し念仏を唱える異常を見せ始めた。

小川村を過ぎると険しい山道が続いていた。人一人がやっと通れるような細い道の両脇にはツワブキが群生し、頭上には夥しい椿の原生林が陽を遮るかのように枝先を伸ばしていた。

この島の貴重な資源である椿の実の形石から採れる油は、日常の灯明となり、髷や皮膚の手入れ、さらには食用油としても大切なもので、福江・富江両藩とも男子十五歳になると毎年一升枡一杯の年貢が義務付けられていた。

フキ科のツワブキは年間を通じて濃い緑の葉をつけている。開花時期は十月から十二月頃で、その茎が食用となる。軽くゆがいて皮をむき、少量の酢を加えた湯で再び煮込んで、一日以上水にさらして灰汁抜きを行ったのち、天日で干すと何年でも保存できる食料となった。

茫漠たる東シナ海に面した大田・琴石・丸子といった小さな村々は、このツワブキと形石に恵まれており、初冬から春先にかけては海に面した山々はツワブキの黄色い花と椿の赤い花に覆われた。村々にとっては貴重な財産で、藩にとっても大切な年貢のひとつになっていた。

富江に着いた頃はすでに夕刻になっていた。

いかに気が触れていたとはいえ、勝手に藩を抜け出すことは重罪であった。

腰縄を打たれたまま足軽衆の通用門である陣屋裏門から陣屋に入り、町方の吟味所である裏庭にすぐに連れて行かれた。そこで、町方目付頭である小田覚兵衛から、これまでの行き先、さらには姿をくらました理由など事細かに尋問が行われたが、勘次の受け答えは全く要領を得ないものであった。

記憶が途中で分断されるのか、はっきり答えたと思うと、全く意味の分からないことを口走ってその心の内が分からなかった。

取調べ役の小田覚兵衛もどうしたものかと困り果てている様子だった。

「とりあえず、今夜は狩立の牢舎に留め置くよう」

と言い渡されるとその日の尋問は終わった。

翌日も、朝から陣屋の吟味所に引き立てられ、昨日と同じような尋問を受けたが、やはり同じような訳の分からない調書しか取ることができなかった。

しかし、いつまでも気が触れた者をこのまま牢舎に留置しておく訳にもいかないので、勘次の遠い縁戚の者を呼び出し、その者が今後の勘次の身の上を補佐するという条件の下に釈放された。

むろん、これまでの藩の御用大工としての地位は当然に剥奪されたのである。

勘次ヶ城

無事に釈放されたものの、勘次の帰るところは、職人町の家しかなかった。

家財道具をはじめ大工道具などの金目の物は誰が持ち出したのか何ひとつとしてなかった。その日の糧秣すらなく、疲れ果てた勘次はただ死んだように眠るしかなかった。

それまで何かと懇意にしてくれた村人さえ誰一人寄り付かず、路上で出会っても声さえ掛けてもらえなかった。

二十を過ぎたばかりの若い勘次には、世間の風は冷たかった。

いったん気が触れた者と見られたら、偏見の多い田舎のこと誰一人まともに相手にしないのである。

そんな勘次が生きていくためには、村々を廻って物乞いしていくしか手段はなかった。

五尺五寸（百六十七センチメートル）を超す大柄な体を小さく背を丸め、薄汚れたドンザ（布切れを重ね合わせた作業着）でとぼとぼと歩く姿は、どこにもかつての船大工の棟梁の面影はなかった。

背中に大きな籠を背負って、「ナンマンダブ、ナンマンダブ六貫目様」とつぶやきながら歩く勘次の姿は異様で誰一人として近づこうとする人はいなかった。

悪童達からは、石を投げつけられ、不人情な大人からは小汚く罵られた。

それでも毎日、毎日念仏を唱えながら村々を歩くしかなかった。

時が経つにつれて、村人もそんな勘次を哀れむようになり、ときには握り飯や芋を与えたりすることもあった。腹いっぱいに飯を食べさせてくれる家には、一滴の水も漏れない一升枡を作ってお礼とし、芋とか豆しかくれない家には水漏れする一升枡を作った。

やがて冷たい視線や冷笑に耐えられなくなり、家にいることすら苦痛になった。

しだいに村々の地蔵堂や社などをねぐらとして、放浪するようになった。

家を出た勘次が何処に住んでいるのかは誰も知らなかった。何処に住んでいるのかと問われると、惚けた声で河童と一緒に暮らしていると訳の分からないことをいった。

勘次が住んでいるところこそ、後年勘次ヶ城といわれている場所だった。

富江半島の東端に山崎という小さな集落があるが、その山崎集落からほど近くの海岸である。勘次がこの地に住み始めたころには、現在の山崎や女亀といった集落はなく、ただ一面雑木が生い茂る無人の荒野でしかなかった。この地に人が住みはじめたのは明治の中ごろのことである。

さて、勘次が何故この地に住み始めたかであるが、それは偶然でしかなかった。勘次は、食料を求めて富江半島一帯の海岸を歩き廻るのが常で、そこにはワカメやテングサなどの海藻が群生し、浅瀬にはミナ（小さな巻貝）などの貝類がいたるところに密集して転がっていた。

ある日のこと山崎の灌木の生茂る荒野に分け入って海岸に出た勘次はミナを求めて海岸端を富江方面に向かって歩いていた。

このあたりの海岸は富江半島の中ほどにある只狩山の噴火による溶岩流により全体が黒っぽく、岩石もゴツゴツとしており、角のとれた丸石などは全く見られない。萱と蔦が生い茂る海岸端をしばらく歩いていると突然大きな高い石垣の壁にぶちあたった。萱や蔦に覆われて全体は分からないが相当に大きな石垣の塊だった。ここらの百姓が畑でも開いた跡かも知れないと思ったが、それにしては余りにも大きな規模の石垣だった。平坦で大風被害の多い富江では畑の周りを石垣で囲むことは普通であった。それだけ、この地域の農地は痩せていて掘っても耕しても出てくるのは只狩山の噴火で噴出された溶岩の塊である。百姓は掘り出した石くれを畑の周囲に高く積み上げ、防風林の替わりとしたのである。

勘次は、全体がどうなっているかを確かめようと、高い石垣をよじ登ってよく見てみると、そこには思い出したくもない八幡瀬が干潮により不気味な姿を現し、横たわっていた。

勘次は知らず知らずのあいだに、自らが犯した残酷な犯行の場所に来ていたのである。犯罪者は必ず犯行の現場を確認すると言われているが、まさに勘次の心の奥底にある六貫目への贖罪の思いがこの古い城跡と思われる場所へと案内したのであろう。

人が持ち運びできる自然石を積み上げて造った石垣をぐるりと廻って見ると、北東の隅に澄んだ水の流れがあり、海岸に近いところまで堅固な石垣で覆われているのが分かった。海岸に最も近いところは石枠をつくり小さな水溜まりを造っていた。勘次はそれが水飲み場になっていることに気づいた。さらに、良く見てみると、この小川は両脇を分厚い石垣で掘割されており、その石垣も二段構えとなっており、ぐるりと城跡の奥に繋がっていた。堀の奥まった場所はこじんまりした池になっており、周囲には大きな木が数本あり、外部からは全くそこに水辺があることは分からないようになっていた。

堀の幅は広いところで二間（約三・六メートル）ほどあり、明らかに外部からの侵入を防ぐような構造となっていた。水飲み場から海岸の水際まで幅一間の道があり、きれいに丸石が敷き詰められていた。

「これは一体何だろう」と不思議な思いでさらに石垣の内部に入ってみると幅二尺（約六十センチメートル）の石の壁面で仕切られた複数の部屋があった。部屋は四畳半程度の小さなものが三室、他には二十畳と三十畳ほどの大きな部屋があった。小さな部屋には石組で覆われた屋根が崩れるままに一部残っていた。部屋の内部には鉄砲狭間と思われる一尺四方（約三十センチメートル）の窓までついていた。その窓は海に面した壁面にしかなく、明らかに見張りの役目も兼ねていた。

南から北（奥行き）に伸びる石垣の長さは十五間（約二七メートル）、東から西に伸びる石垣の間口は二十二間（約四十メートル）、外壁の高さ一丈二尺（約三・七メートル）、その石垣の厚さ三尺（約九十センチメートル）で、内部は五部屋に区分され、部屋ごとに幅二尺（約六十センチメートル）の入口が設けられていた。

一度中に入るとなかなか抜け出せないような複雑な構造になっており、各部屋の石垣の下部には排水溝がついていた。明らかにひとつの城跡であった。

屋根や柱の跡はかすかに残ってはいるものの、長い年月によりすっかり朽ち果てており、その全体像は分からなかった。

「ここはよかとこたい。水もあるし、雨露をしのげる屋根までついている」

勘次は海岸に最も近い小さな部屋が気に入った。その部屋の覗き窓からは八幡瀬が丸見えで、床は芝草が生い茂り、分厚い石壁が外気の寒気を遮断していた。

勘次は部屋の窓から改めて八幡瀬を見た。

記憶の中に残る八幡瀬の出来事は思い出したくないものだった。

父の作治が漂着し衰弱していた六貫目を丸太で殴り殺す残酷なシーンが繰り返し思い起こされ、やがてその報いを親子して受けたのである。

勘次は長いこと八幡瀬を見つめていた。

父を苦しめ、さらには自分をも苦しめた六貫目の亡霊が、まだ岩の上に座って、失ってしまった銭箱を探し求めているように思えた。勘次は思わず、その八幡瀬に向かって合掌し般若心経を唱えた。それは覚えようとして覚えた般若心経ではなかった。

しかし、今では亡き父親よりも力強く、高らかに唱していた。勘次の声は朗々として小さな部屋を越えて、波の押し寄せる磯辺に広がっていった。繰り返し経を唱えていると、磯辺の形も、八幡瀬もいつの間にか波に呑まれてしまっていた。そして、恐ろしい六貫目の怨念の姿も、いつの間にか波間に消えていた。

弘化元年（一八四四）の師走も近い冬寒いときだった。

田尾水軍

山崎の石塁跡に住み着いた勘次は、毎日海岸を歩きまわり、磯の恵に頼るだけで食料の心配はしなくてすむようになった。

人跡未踏のこの辺りの海岸は溢れるばかりの魚介類の宝庫だった。ミナやサザエはいたるところにあり、ワカメ・テングサ・メカブなどの海藻も手掴みで採れるほど密生していた。魚が食べたければ、ちょっと釣り糸を垂れるだけで様々な魚が簡単に釣り上げられた。水も豊富にあり、米や野菜が食べられないことを除けば、日常の生活に不自由はなかった。勘次はミナが好きで、毎日のように食べた。ミナは軽く塩ゆでするだけで簡単に食べられた。

勘次の日常もすっかり落ち着いて、苦しんだ六貫目の亡霊に悩まされることもなくなっていた。それでも朝夕は石部屋の窓から八幡瀬を見つめながら念仏を唱えた。

年が変わり、弘化二年二月の寒い夜のことであった。

海に近い小部屋を勘次は常の住まいとしていた。その夜は波の音もなく静かな夜だった。明け方近くあまりの寒さに眼を覚ますと、枕元に何とも言えないような圧迫感を感じた。暗闇に目が慣れてくると、石部屋の入口の玄関筵の隅に一人の大男が立っていた。

「誰っか」

驚きのあまり、思わずその大男に向かって大声で叫んだ。

その男はじっと勘次を見下ろしているだけで何も答えなかった。

月明りに照らされた男の姿は、戦草鞋を履いて、下半身は六尺の締め込みのままである。腹には立派な胴丸を身につけその上に陣羽織を羽織って腰には長い太刀を帯び、髪は大きく月代を剃り上げ後ろで無造作に束ねていた。

勘次は恐怖のあまり腰が抜けて金縛りにあったように動けなかった。その男も何も言わない。

恐怖で口も聞けない有様であったが、しばらくの間をおいて口を開いた。

「あ、あんたは誰かな」

勇気を奮って尋ねると、重々しく地の底からものを云うような声が返ってきた。

「わしは、この砦の主で草野三郎久永と申す者だ。汝は誰の断りがあってここに住んでいるのか。汝の名を名乗れ」

問われた勘次はその男のあまりの異様な姿に驚き、しばらく声すら出なかった。

改めて、月明りに照らされたその男の姿をよく見てみると髭で覆われた顔面は氷のように白く、眼は怪しく赤く光っていた。

「わぁ、わたしは富江の職人町の船大工で勘次という者です。訳あって在所を追われ、行くところも定まらぬ放浪の身の上です。あなた様のお城とはつゆ知らず、勝手に住んでしまいました。どうか勘弁してください」

勘次は恐ろしさのあまり、ただただ許しを請うばかりであった。

その男はしばらく勘次の様子を見据えていたが、やがておもむろに口を開いた。

「まあ、そのようにかしこまる必要もない。見ての通り、何百年も忘れ去られたただの荒城だ。わしはこの荒城を数百年も前から守ってきたに過ぎない。こうして人と話すのも久しぶりだ。驚くなといっても無理なことだと思うが、わしは人ではない。現世を生きていたときにあまりにも酷いことを重ねたため、こうして成仏できず彷徨っている哀れな亡霊だ。お前が朝夕ねんごろに念仏を唱えているので、有難さのあまり一度話を聞いてみたいと思っていたのだ」

勘次はその男が何を言っているのかよく分からなかった。

「あなた様はこの城の御屋形様ですか。どうか、ここに住むことをお許しください」

と勘次がいうと、その男はニヤリと笑った。

「こんな恐ろしいところに住みたいというのか。ああ、何時までも住んでよいぞ。ただし、条件がふたつだけある。ひとつは、わしの話し相手になること。もうひとつはこの城の南端に大きな水だまりがあるだろう。その水だまりの傍らの小高い盛り土の傍らに大きな楠の木がある。その楠の木のたもとに石積みしている場所があるだろう。そこに朝夕に参って念仏を唱えて貰いたいのだ。このふたつの条件さえ承知してもらえれば、汝に危害を加えることもない。そして、ここに住むことも汝の思うままにするがよい」

「わ、分かりました。あなた様の話し相手をさせて頂きます。また、朝夕の念仏も欠かしません」

というと、その亡霊武者は何もいわず、スーッとその姿を消した。

勘次は夢でも見ていたのではないかと思い、寝ていた石室を出て亡霊武者が言っていた楠の木の辺りを見た。

そこには、亡霊武者のものと思われる青い炎が火の玉となって静かに宙に漂っていたが、しばらくするとその石積みの辺りと思われる場所で消えた。

翌朝、亡霊武者からいわれた城跡の南隅の水たまりに行ってみると、確かに二間四方の小高い盛り土の上に石積みがしてあった。

ここは草野様達の墓所に違いないと思い、その土盛りの前で初めて経を上げたのである。それは勘次の毎日の日課となった。

亡霊武者がはじめて現れてから十日目の夜のことだった。山下村の岩蔵から貰った僅かばかりの酒を飲んでひと寝入りした真夜中のことだった。

「勘次起きよ。わしだ」

といった声が耳元で聞こえたかと思うと、布団代わりに使っている筵の脇にその亡霊武者が座っていた。

勘次は恐る恐る起き上がり、亡霊武者に向かい合った。

「ここ何日かお前の様子を見ていたが、わしはお前という人間を見直した。毎日決まってわれらの墓前に経を手向けてくれてかたじけない。おかげでこれまで経など無縁な者供も喜んでいる。あの石積みの下には、われらの仲間を含めて大方百人からの屍が眠っている。多くはこの城の者供でわしの配下であるが、なかには明国や朝鮮国から捕らえて来た男や女もいる」

勘次が驚いて、黙っていると、なおもその亡霊武者は語り始めた。

「勘次、外を見てみよ。お前に挨拶したいとわしの配下の亡者共が現れているぞ」

立ち上がり、石窓の外に広がる暗闇に目を向けると、スーッと一瞬周りが明るくなり、おどろ恐ろしい亡者の一団が現れた。

それは形容できない恐ろしい姿だった。

鎧具足を身に着けている者もあれば、締め込み一つのたくましい男もいる。中には明らかに異国の女と思われる美しい女人もいた。

いずれも皮膚の色は青白く、眼は赤く不気味な光を放っていた。

「勘次よ。見るが良い。御仏に見放された哀れな者共だ。お前の朝夕の念仏によってはじめて救われたと言っている」

そこには多くの哀れな海賊衆や数人の女人がいて、勘次を見つめながら手を合わせていた。

しばらくすると元の暗闇に戻り、亡霊武者は何事もなかったかのように語り始めた。

「わしは、この島の田尾村を根城として、唐・朝鮮さらにはルソン・シャム・安南国などを荒らしまわった水軍の末裔である。もともとわしの先祖は瀬戸内の大三島辺りで海賊働きをしておったが、鎌倉の世の末には九州の筑後に居ついた。

そのときの御屋形様を草野太郎永平様といった。源平の戦でもこの御屋形様は西軍でただ一人源氏方に御加勢し、水軍の旗頭として大いに活躍しその名を知られたものである。鎌倉の源頼朝公より、恩賞として大禄を賜り、筑後の草野の庄に城を構えた。

元・高麗軍が攻めてきた元寇の役でも、草野次郎雅元様に率いられたわれらの一族の活躍は目覚しく、元の軍船に火焔を放ち、何艘もの敵方軍船を沈めたことから元弘二年（一三三二）には、禁裏から綸旨も賜った。

その後、数代を経ていまの伊万里辺りに住まい、もっぱら高麗国との交易に従事していた。われらの土地は山ばかりで田が少ないばかりか、打ち続く戦乱により荒果てており、食料が極端に不足していた。

特に、この肥前の松浦一帯と壱岐・対馬の飢饉はひどく、自然発生的に米が豊富にある高麗国に食料をもとめて交易していたが、なかなか思うような交易はできなかった。そのうち交易という名を借りた略奪がわれらの仕事になった。われらは武門の守り神である八幡大菩薩の御旗を船上に掲げていたため八幡船（バハンセン）とか倭人が侵すという意味の倭寇（ワコウ）などと呼ばれるようになった。

そもそも倭寇と呼ばれるバハン稼ぎの始まりは、元・高麗連合軍に対する復讐戦として始まったものである。何故に対馬・壱岐・松浦の者供が執拗に高麗国に攻め入ったかは、その元寇の役に端を発している。

対馬・壱岐・松浦一帯は高麗軍の圧倒的な軍勢の襲撃を受けて壊滅し、無人の荒野となった。

特に、対馬と壱岐の被害は甚大で、生き残った男はいないような有様となった。捕らわれて生き残った者も手に穴を開けられ、数珠繋ぎで連れ去られ異国の奴隷となった。険しい山に隠れて生き残った島民は数えるほどだった。

まさにこの国始まって以来の危機だった。

そこで、われらは肥前の国松浦郡に割拠する松浦・志佐・呼子・波多・峰・宇久・青方・玉之浦氏などと一揆契諾書を交わし、一致団結してことに当たることにし、互いに助け合いながら大船団を組み、かの地を荒らしまわったのである。

わが叔父草野永茂の代には、大三島時代からの主筋に当たる大値嘉島（後の福江島）の田尾様から外国との交易をするにはこちらに拠点を構えたほうが水運の便がよいとの誘いがあり、それでこの田尾村に一族すべて移住してきたのだ。永禄四年（一五六一）の春ごろで、わしはその永茂の甥で二十二のときであった。ところが、田尾に来た早々に御屋形様の田尾様が亡くなった。田尾様には子がなかったため、わが叔父草野永茂がしばらくして田尾氏を名乗り、わしが草野の姓を継いだのである。そこで、わが叔父草野永茂が田尾家初代を名乗った。わしは、この初代永茂様と二代目純勝様と二代にわたって仕えてきた。それは戦国乱世の群雄割拠の時代もようやく収束し、徳川の世が始まったころであった」

そこまで一気に語り終えると、亡霊武者は勘次を静かに見つめていた。

亡霊武者の話す内容はこれまで聞いたこともなく、一介の船大工である勘次には難しく、分からないことばかりであった。

「それじゃ、旦那様はいまの田尾村の人達のご先祖様かいな」

「いや、わしらが田尾に来る二百年も前から御屋形の田尾様は、この地に住んでいた。田尾様こそご先祖筋にあたる。わしら草野一族は田尾様のお誘いにより田尾に来てその配下となり、主従の関係を取り結んだのだ」

勘次は何も言わずただ黙って聞いていた。その様子を見て亡霊武者は、しばらく話すことを中断した。

「お前には、わしの話すことが難しそうだな。これからはもう少し分かりやすく話すことにしよう」

「旦那様の話すことはわしら職人には難しくて余りよく分かりません。こん富江に生まれてこれまで聞いたこともなか話ばかりです。どうぞ旦那様何でも気の向くまま話してください。何せこのお城にただで住まわせていただいていますもんで」

と勘次が率直にその亡霊武者に感謝の気持ちを伝えると、これまで厳しい顔つきで勘次を見据えながら話していた亡霊武者の表情が笑っているように見えた。

「それはかたじけない。何せ二百年以上ものあいだ人と話していないものでの。ついつい話が独りよがりになってしまったようだ。今日のところはここまでとしよう」

というといつの間にか消え去っていた。


田尾様の出城といわれるこの荒れ城に住み着くようになってからは、勘次の感情の起伏も以前ほどでなくなり、その表情も和らぎ落ち着いた日々をすごしていた。

今日は山下村の岩蔵のところにでも行ってみようと歩き出した。

山下村は、この山崎の出城から一里（四キロメートル）ほどの場所で、岩蔵は富江の船大工時代からの気の置けない友人だった。

勘次の身なりは、このあたりでドンザといわれる薄汚れた刺し子を着ていた。髷も結わず伸び放題の髪を背中で束ね、顔中髭で覆われ目だけが異様に輝いていた。ドンザの下に着ている着物もあちこちが裂けて破れ、だらりと布が垂れ下がっている。初めは何か色や模様がついていただろうが、今は垢や煤で汚れ黒光りしていた。何日も風呂に入っておらず、何ともいえない悪臭を放っていた。足元は拾った古い足中（小さな草履）である。背にはいくつもの桶や升さらには竹籠を背負っていた。ただ、念仏を口ずさみながら歩く姿はいつもと変わりなかった。

岩蔵は藩士の知行地を小作する地方《じかた》百姓である。

この地方の百姓は、土地の単独所有は認められず、ただ藩士の知行地を永代小作するか、また藩所有の田畑を毎年抽選で小作するかのいずれかであった。

百姓は籤でその年の吉凶が決まった。良田を引き当てた者は親戚うち揃って祝い、逆に運悪く下田を引いた者はその不運を嘆いた。

幕藩体制となって大方の藩では蔵米支給が当たり前となっていたが、この五島ではいまだに上級武士は知行地を宛がわれ、中世以来の古い形態を残していた。

「岩蔵兄、おっとかな（いらっしゃいますか）」

勘次が岩蔵の粗末な家の木戸を開けると、牛小屋のほうから岩蔵の声がした。

岩蔵は牛に餌をやっている最中だった。

最近流行りだした唐芋（サツマイモ）作りが盛んになってきており、五島に古くからいる五島牛はそれらの農作業に欠かせなかった。四肢がガッチリしており、性格もおとなしい五島牛は家族同然で、どの家でも母屋のなかで大切に飼われていた。

牛の飼育をすることで子牛の売買が可能となり、貧しい農家の貴重な現金収入となっていた。

余談であるが、五島牛の起源は古く縄文時代の遺跡からもその骨が出てくる。中国の歴史書『魏志倭人伝』にはわが国には四つ足の牛や馬はいないと記されているが、五島には固有の牛が古くからいたのである。

平安絵巻に描かれた御所車を引く牛は『御厨牛』と呼ばれ、多くはそのころ御厨の一地方であった五島から運ばれた牛だった。


「おお、勘次じゃなかね。とどひかね（久しかね）。どがんしちょったとか。さあ、そがんところにおらんで、中に入ってくれ」

岩蔵は薄汚れた勘次の姿を見ても、何も頓着することなく親しそうな笑顔を見せた。

勘次は遠慮しながら土間の框に腰掛けた。

「ところで、勘次はどこに住んどっとか。海岸沿いの石垣の中じゃと噂を聞いたことがあるが、たまには遊びに行ってもよかかね」

勘次は黙ったまま何もいわなかった。

「よかよか。いつでも遊びにこんね。昔は、職人町のよか船大工じゃったもんな」

勘次はこの前の酒のお礼といって、一尺五寸（四十五センチメートル）ほどの大きな漬物樽を松蔵に渡した。

「こがん気ばつかわんでんよかよ。それにしても立派な樽だよ。かかあも喜ぶよ」

といってうれしそうにその漬物樽を受け取った。

「ところで岩兄、富江の町中はなんも変わったことはなかかかな」

と勘次が尋ねると、岩蔵は急に改まって、

「それが、近頃は大変な騒ぎたい。去年の春に露西亜国という外国の軍船が黒瀬の津多良島に断りもなく上陸し、島の周囲の海の深さば測ってからは、家中は上に下に大騒ぎたい」

「外国の戦船が来たんかいな」

「そうたい。見たこともなか大きな戦船たい。大筒が何門も積みこまれ、乗っちょる異人供も髭面で雲をつく大男ばかりとのことたい。ご家老が退去を求めても、言葉も筆談も通じず、急ぎ長崎奉行に御注進したそうたい。牛の絵を描いて、盛んに欲しがっている様子だったそうだ。それで四五日してから水と野菜それに鶏十羽ほどを与えたら直ぐに碇を上げて立ち退いたそうたい」

勘次には岩蔵のいうことは想像できない驚きであった。

「殿様が急ぎ江戸から帰国してからは、御自ら馬に跨り、領内の巡回ばしちょるばい。何でも、御公儀から異国船監視の役命を賜っていることから、何としても領内の警戒を厳しくせよとのお達しがあり、家中のお侍衆もてんてこ舞いだよ。わしら百姓衆も毎日毎日軍事調練とやらの名目で村ごと駆りだされ仕事にもならんばい。慣れん鉄砲ば持たされへとへとたい。

こん前も横ヶ倉の田んぼで大層な軍事調練が行われたばかりたい。福江からもお偉方が何人も見学に来ており、この島始まって以来という大調練が行われたばかりたい。ご家老が言うには西洋式の調練ということで、筒袖に股引姿で剣付の鉄砲ば担がされ、訳も分からない行進ばかりさせられて疲れ果てたよ」

「そりゃー大変たいね。それでその軍事調練とやらに出ると日当は貰えるんかいな」

「そんなもんは一文も出やせんばい。日当の代わりに弁当が出るだけたい。

この度代替わりした殿様は、雲州松江の殿様の弟とのことで、大層利発な殿様だと専らの評判だ。御公儀の一門に繋がるお方で家中の侍衆も鼻高々で、本家の殿様も頭が上がらんとのことだ。殿様は急ぎ房州で大筒十六門を作らせ、この先のとどの崎と福手石の台場に据え付けてからは、大砲の撃ち方まで指南されちょるばい。多くの職人や商人が出入りし大変なこっぞ。そんなこんなで天下がひっくり返ったような騒動だよ」

そういえば、勘次の住んでいる城跡からも何度か沖合に黒い煙を吐く大きな船影を見たことはあるが、別段気にもかけないでいた。

勘次は世の中が大きく変わろうとしていることに多少の驚きはあったが、自らの身の上は世の変化に変わりなく、何も変わらないことに気持ちが落ちこむばかりだった。

黒瀬の友

勘次は富江の町がどんなに騒がしくなっても、町に出かけることはなかった。たまに気分の良い日には、岳・山下・黒瀬・丸子など周辺の村々に出かけ、昔世話になった人があれば樽や桶の修理をしてやり、安い駄賃を貰うこともあったが、そんな金もいまの勘次には無用のものだった。

その日は三里（十二キロメートル）ばかり離れた黒瀬村に出かけていた。松尾村に出かけていた勘次は黒瀬で背美鯨があがったことを聞いたのである。

黒瀬には船大工時代からの気のおけない友人がいた。その友は訪ねると必ず勘次に漁から捕ってきたばかりの活きのいい魚を持たせるのが常であった。黒瀬村は藩に二ヵ所ある鯨納屋場の一つである。友の名は久太夫といった。元の名は久造といっていたが、鯨納屋に雇われるとたちまち刃差になった。慣例により太夫の名前を許されると自らの名前の頭文字の一字をとり久太夫と名乗った。久太夫は村に三人しかいない鯨捕りの刃差である。

真冬の海に一本の手形切包丁を褌に差し込み裸で巨大な鯨に対峙する刃差は漁民の憧れであり、侍からも一目置かれる存在である。逃げる鯨に何枚もの網を掛けて、何本もの大きな銛を打ち込み弱っていく鯨の背に飛び乗り、暴れる鯨の鼻の両端を切りさき、手で太い綱を差し込み、二艘の持双船に繋ぎとめるのである。持双船は鯨を挟み込み、太い丸田二本で互いの船をつなぎ、刃差が横腹に切り込みを入れてその孔に綱を通して丸田に括り付けて鯨が沈み込まないように固定した。

最後に刃差が鯨の腹部を目差して深く潜水し、長剣で鯨の内臓を何度も刺し、とどめをさした。

内臓に海水が入った半死半生の鯨は、最後の力を振り絞り、のどをころころと鳴らし死に至った。

海面は朱に染まり、多くの海鳥が上空を舞った。

大型の生き物を殺すことに哀れを感じた水主《かこ》は、まさに死せんとする鯨に向かって一斉に阿弥陀仏と念仏を唱えた。そして大背美捕ったと祝い唄が船から船へと流れた。

江戸時代中ごろの五島は日本最大の鯨捕りの漁場だった。最盛期には年間百五十頭もの鯨が水揚げされた。

特に、上五島の有川組は全国的にその名を知られ、有川村は多くの出稼ぎの水主や職人で溢れ、様々な商人が行きかい、多くの出店や旅籠が建ち並ぶ殷賑の町になった。

最盛期には有川浦の江口組だけで、一年間に八十三頭の漁獲があり、九州でも最も賑わう町のひとつだった。

山並みが海岸近くに迫った五島の浦々は、昔から貧困と飢餓が日常であった。そんな五島の村々が鯨組の出現により、西海の果ての離島でありながら九州でも有数の豊かな町に生まれ変わった。魚目浦や有川浦の港には、塩漬けされた鯨肉や鯨油さらには鯨を砕いた肥料などの買い付けに多くの廻船が行き来し、日本西端の小さな島が大変な活気にみちた時代があったが、幕末の頃になるとアメリカやノルウェー船の大量捕獲により捕獲数が激減し、明治以降の五島での産業資本の蓄積にはならなかった。


久太夫は鯨を追う勢子船の修理や油樽の制作には必ず勘次を指名した。二人は何かと相性がよく、仕事や遊びを通して深い友情で結ばれていた。それは勘次が気鬱の病で富江を追われ、放浪するような生活に堕ちてからも変わらなかった。

勘次は村々を出歩くたびに久太夫を訪ね、たわいもない話で時間を潰すのであった。

そんな勘次を久太夫はいつも嫌な顔もせず迎えてくれた。

富江藩領には魚ノ目村と黒瀬村の二ヵ所に鯨納屋があった。小さな藩である富江藩にとって鯨納屋場から上がる運上金は何事にも代えがたいものであった。背美鯨一頭でその稼ぎは五百両以上となり、藩への運上金は時代によって異なるが凡そ背美鯨銀一貫五百、座頭・長須鯨銀一貫目、子鯨は銀五百目で大変なもので、小さな藩の財政を支えた。鯨一頭で近隣の七浦が潤うといわれたものである。

武社宮の月川日向日記を見ても、たびたび黒瀬に鯨があがり、そのたびに日向は納屋開きと安全祈願のために黒瀬村を訪ねて、その都度大量の鯨肉を土産として貰ったことが記されている。

ちなみに『ゴンドウ鯨』という呼び名は五島鯨がなまったものである。

黒瀬川が海に注ぐところに巨大な鯨納屋があった。

鯨納屋近くには鯨を引き上げるための大きな轆轤《ロクロ》が二台据え付けられていた。

黒瀬の浜はこぶし大の丸石が浜一面を覆っていた。海岸には十数隻の勢子船や持双船さらには大型の網船などがいつでも出漁できるように丸太の上につなぎ合わされていた。

一頭の鯨を捕獲するのに勢子船十二艘（十二人乗り×十二艘＝百四十四人）、持双船二艘（八人乗り×二艘＝十六人）、網船四艘（八人乗り×二艘＝十六人）、市船（イサバ）二艘の船団が必要となるため、多くの漁民が雇用された。出漁のための人員が凡そ二百人、さらには捕獲した鯨の解体のための納屋場の人員も二百人に及び、当時としては最も多くの人を雇用する大組織だった。江戸時代の庶民の移動には、さまざまな制限があり、お伊勢まいりなどの例外を除いて基本的な移動の自由はなかった。しかし、こと漁民に限っては、自由な往来があり、農村と大きく異なっていた。

　こうした水主《かこ》は網作りや櫓漕ぎの練達者であることからとから地元では雇用できなくて、瀬戸内や西九州あたりの出稼ぎ漁民に頼った。

　黒瀬の村はそうした各地からの出稼ぎ漁民で溢れていた。

　黒瀬の鯨組は江戸の初めに紀州の湯浅から移住してきた者達の手で作られたが、自然相手の鯨組は好不況の波が激しく、そのたび大旦那の組主は変わった。

　久太夫は五島列島の北端の島である宇久島の出身であった。

　宇久島から七年前に鯨納屋の刃差候補として雇われて黒瀬に居ついた。宇久島は古くから鮑《アワビ》の産地としてその名を知られていた。鮑を採る漁師を『海士』といった。五島藩はこの宇久島の海士に五島全島の採鮑許可を独占的に与え、その誇り高き海士集団を処遇していた。

　肥前風土記にある、もっぱら海に潜って鮑を採る『土蜘蛛』と記載された海民の子孫である。

　乾燥された鮑は俵に詰められ藩から長崎会所に送られた。幕府の貴重な外貨である俵物三品（フカヒレ、干しナマコ、干し鮑）のひとつであった。

刃差の仕事は、網で追い詰められ動きが鈍くなった鯨の背に褌ひとつで飛び乗り、その鼻を切り裂いて太い縄を通し、鯨の動きを鈍らせることである。巨大な鯨とともに深く海中に潜ることから、宇久島の海士の中には刃差として働く者も多かった。

黒瀬の住民はほとんど島外から出稼ぎで居ついた者達であった。漁師を生業としている者ばかりで、気性は荒く、他の村人との交際はほとんどなかった。

昼過ぎに黒瀬に着いた勘次は遠く津多良島を望む金毘羅神社の軒先に腰かけて、いまかいまかと鯨が浜に引き上げられるのを待っていた。

やがて二艘の持双船に挟まれた背美鯨が津多良の岬の先端に見え始めると、黒瀬の浜は近在の村々からの多くの群衆で大変な賑わいとなった。

やがて山のような背美鯨が浜に引き上げられると、一斉に太縄や薙刀のような大包丁を持った漁師が手際よく持ち場に着いた。一頭の鯨の解体に二百人弱の人が臨時に雇われるのである。納屋の周囲には縄を張り、立ち入りを禁止しているものの、小さな包丁と竹籠を手にした子供達は解体後のおすそ分けに預かろうと縄の内側に潜り込むのであった。

こうしたコソ泥の子供達を『カンダラ』と呼んだ。

鯨が定位置に据え置かれると、納屋の大旦那の恵比寿神への感謝の祈りがあり、『かかれ』の一声で解体作業は始まる。

頭部を納屋場方向に向け、浜に横たえられた鯨の皮と下の厚い脂身の間を慣れた手つきで切り込み、先端に穴を開けて縄で縛り、その縄を橋の袂に据え付けられた二台の轆轤に巻きつけ回転しながら巻き上げると見る見るうちに皮と脂身が切り離されていく。解体の手順も決められており、最初に背皮をとり、赤身、左右の脇皮、大骨、山（潮吹き）、棚（口）と進み、頭を返して顎を取り、尾の身の皮を剥がして、身を取ってからその前にある内臓を取り出し、最後に尾羽毛を切り離して終わった。

黒瀬川は真っ赤に染まり、生臭い臭いが黒瀬の村を覆った。空には餌を求めて大量のカラスやトビが空を舞った。

小さく切り離された皮や肉は縄を通して棒につるして二人一組で担いで納屋に運ばれる。納屋の中でさらに皮と肉と油身に細切りされていく。

二列に並んだ作業員は、大きな肉の塊を部位ごとに切り離し、素早く大桶に詰め込み塩漬していく。別の場所では両脇から大きな鋸で大骨を裁断していく。骨の髄からも油が採取出来るのである。油を取った骨は再び大釜に入れて煮炊きして砕き、俵に詰め込み肥料とする。鯨は何ひとつ不要なものはなく、すべてが人の役にたつ誠に貴重な資源であった。

油を釜で煮て取るために、その薪の使用量も大変なものであったが、これだけは地元で賄うことができた。島は山野が多く椿や樫の群生地であった。毎年のように襲う台風の影響で樹高は低いが、芯がしっかりしており、『五島薪』として大坂方面からも需要が多かった。

　貧しい近隣の村人は、鯨が捕れると臨時に雇われて幾ばくかの現金収入となった。水主達を賄うための大根や野菜や米・味噌などの食料の供給は、組主の負担となっていた。何百人の水主に三度の食を提供するだけでも大変な経済効果があった。

　現金収入を得る機会が滅多にない貧しい百姓には鯨納屋は誠に貴重な働き場であった。加えて褒美として米と鯨肉が貰えるため、鯨の解体日は近在の村々から多くの見物人が集まり、黒瀬の村は祭りのような騒ぎとなった。

　村人は野菜を詰め込んだ大きな竹籠を背負って、この野菜と鯨肉を物々交換した。

　黒瀬ではもっぱら一月から三月にかけて北上する上り鯨を捕獲した。

　真冬の海に締め込みとドンザという半纏を引っかけただけで出漁する鯨捕りは勇ましく、稼ぎもよいため漁師の憧れであった。とりわけ刃差は強靭な肉体と度胸が備わっていなければならず、鯨捕りの憧れであった。

　久太夫と勘次は武社神社で秋になると奉納される村相撲で知り合った。久太夫は屈強な体躯で何年も大関を張っていて、勘次の好敵手だった。そんなことから二人は深い友情で結ばれていた。

黒瀬村の金刀比羅神社の祭礼で奉納される刃差踊りは勇壮で、勘次は若いころから久太夫の踊りを見るのが何よりも楽しみであった。

名の通った刃差である久太夫は偉ぶることもなく、いつもと変わらない様子で勘次に接してくれた。

久方ぶりに久太夫を訪ねたものの、生憎、久太夫は大旦那の宴会で忙しくしていたが、勘次を認めると座をはずして出てきてくれた。酔い覚ましもかねて二人は浜の桟橋の突端に座った。いつものようにたわいない話ばかりであったが、話題は尽きることはなく、津多良島に落ちる夕日を見ながらいつまでも二人は話し込んでいた。

帰り際には黒瀬名物のきびなごの一夜干しと鯨肉をいっぱい土産として持たせてくれた。

勘次は久太夫が昔と変わらずに、何も頓着せずに接してくれるのがたまらなく嬉しかった。

黒瀬川の袂にある納屋場からは宴もたけなわなのか小太鼓の音や三味線の音が賑やかに聞こえてきた。

久太夫達が踊る刃差踊りが始まったのであった。

大きな輪になって、額に手拭いを横結びに巻きもろ肌ぬいで、両手を大きく広げ、足を踏み鳴らしながら踊るその姿は海に生きる男達の勇壮な舞であった。

西海の鯨は誰か懸そめた
組の旦那の懸そめた
納屋の轆轤に綱繰りかけて
大背美巻くのにゃ、暇もなや　イヨ、暇もなや
子持ち巻くのにゃ暇もなや　イヨ、暇もなや

五峰王直

久方ぶりに晴れ晴れとした気持ちで城跡に帰ってきたころには、周りはすっかり夕闇につつまれていた。

勘次は早々に疲れから寝入ってしまった。

眠りについた暁の八つ頃（午前二時）だった。

「勘次起きよ。わしだ」

と呼ぶ声が聞こえたので目を覚ますと、すでに亡霊武者はいつもの場所に座っていた。

「すまんな。わしらのような亡者は、真夜中しか動きがとれんでな」

と意味の分からないことをいって語り始めた。

「さて、今日は何から話そうか。そうだ、わしらがバハン稼ぎをしていた頃の話をしようかのう」

といって、その亡霊武者は胡坐を組み直した。

「バハン稼ぎを始めたのは、わしらの先祖がまだ伊万里におった頃で、その頃はもっぱら高麗国に食料を求めて交易を行っていたが、海禁の厳しい国でなかなか交易に応じてらえなかった。わが国は打ち続く戦乱のため多くの人々が飢えていた。わしらの領地は山ばっかりで土地はやせ、いつも食料が不足していた。そのため米や高麗人参さらには反物などを求めて交易を行っていたが、なかなか思うような交易はできなかった。

そのことから少人数で交易を行うよりも、より大きな集団の力と圧力が必要であることに気がついた。浦々に割拠する一人一人の拠点は不便で小さな集落であったが、肥前地方の沿岸は小舟一艘があればすぐに繋がったのである。わしらは松浦三十六島に割拠する地頭の者供に声をかけ一揆契諾状を取り交わし、互いに助け合いながら一致団結して強引に交易を求めたのである。人々はわしらのことを松浦党と呼んだ。

かの国の法を恐れず、もっぱら貪欲の道にいそしみ、かの地を踏みにじり、海に出て強奪の限りを繰り返したのである。

略奪は米穀に限らず、人間そのものも対象となった。女・子供は密かに拉致して連れ帰り、女は男どもの慰み者とし、子供はそれぞれ奴隷として使った。

かの国からすると一方的な倭寇の害毒であった。

数限りなく続いた倭人の高麗国への侵攻であったが、北からも女真族の侵攻を招き、かの国の国力も次第に衰え明徳三年（一三九二）には滅んでしまった。

その頃、倭寇の頭目として頭角をあらわした者の中にアキバツという二十歳前の美少年の総大将がおった。壱岐の海賊で騎馬武者を率いて、自らは白馬に跨り槍をふるって駆けまわる姿は、まるで絵に描いたような若武者振りで、そのあまりの勇猛さにこれに立ちはだかるものは誰もいなかった。

このアキバツを矢で射殺した者を李成柱といった。この者こそが高麗国に代わって新たに王朝を開いた大祖李成柱であった。いまの朝鮮王朝である。

李朝は倭寇の懐柔策を取り入れたため、しばらくは平穏な時が続いた。

しばらくすると、李朝は対馬の宗氏を朝鮮交易の窓口として歳遣船交易という制限を設けてきた。対馬の島主である宗氏には年間五十艘もの歳遣船と大きな権益が与えられた。

しかし、われら松浦党の者供に与えられた歳遣船は年間一艘から二艘であったため、大きな不満の種となった。その当時、五島の者供で歳遣船を派遣していた者は、五島宇久守源勝・五島玉之浦守源朝臣茂・五島悼大島太守源朝臣貞茂・五島太守源貞・五島日の島太守藤原朝臣盛など数名の者であった。なあに、大層な名前を名乗ってはいるが、その実は名もないような小さな海賊衆だった。ただ、その中で玉之浦茂という者は、その地の利を活かして大層な利益を蓄え、後にその孫の玉之浦納が一時期宇久氏をこの島から追い出し、全島の実権を掌握したのである。

結果的に朝鮮王朝の歳遣船交易制度は、交易に漏れた多くの海賊衆を締め出すことになったため、密かに倭寇となりバハンを働く者が増えたのである。次第にその勢力は巨大化して、再び激しい倭寇の侵攻が始まったのである。そのような時代がおおよそ百年間にわたって続いた」

亡霊武者の話は、先祖語りながらまるで自らが体験してきたような話し振りであった。

「それから時代は下ってこの国も戦国乱世の乱れた時代となった。

天文九年（一五四〇）、この五島の島に一人の明人が突然通商を求めてやってきた。この島の人々が、いまだ見たこともないような大きな船を深江の江川港に着けたのである。

その船は歩数百二十歩ほどで、船上には櫓が四台も組まれており、なかには百数十人の明人が乗り込んでいた。船上には金の縁取りで黄色く龍が描かれた三角旗が何本もたなびき、高い舳先の両側には驚くほど大きな魚の目玉が描かれていた。

その船は深江川を数丁遡り、宇久様の居城である江川城の船泊まりに堂々と着船したのである。

やがて、数十人の警備の兵士が金色の兜に銀の鎧を着て、左手には薙刀のような幅の広い刀を手にして降りてきた。そのあとに召使が差し掛ける大きな日傘の中に、一人の大きな男が立派な緞衣を身にまとい、緋色の大きな玉のついた腰帯を身に着け、頭には王冠を被り悠然と降りてきた。

恭しく威儀をただした配下の全員が上陸し終えると、その人は日本人部下の案内によりこの島の主が住む江川城を目指して歩き出した。

その人の名を王直といった。

年のころは、三十の半ばでその姿は理知的で精気に溢れていた。

日本人の部下を通詞として使い、出迎えた宇久様方役人に城主への取次ぎを求めた。

すでに全島の支配を完了しつつあった宇久盛定（後の五島氏）は、海外との交易が国力の強化に繋がることから、これ幸いと王直様の申し入れを喜んで受け入れ、江川城のすぐ近くのいまの唐人町一帯の土地九百坪を分け与えた。

王直様はここにこの島の人が見たこともないような豪勢な唐様の館を建てた。屋根瓦は青く輝き、左右の屋根は大きく先端が反り返っていた。建物を支える太い柱は朱で真っ赤に色づけられていた。見たこともない石造りの六角形の大きな井戸を作り、唐人以外の人にも使用を許したことから、すぐに島民からも受け入れられた。王直様は数百人の配下の者共にかしずかれ、ここを交易の拠点とされた。それは、この島の領主が変わってしまったような威容を誇っていた。

それからというもの、寂しい寒村であった深江（いまの福江）は、あまたの唐船が乗り入れ大変な賑わいの町に生まれ変わった。

一方の宇久様も王直様との交易によって、膨大な財を蓄積し、この島の支配権を確実なものにしていった。船が入港するたびに莫大な入船料と荷駄銭が税として宇久様の収入となった。深江の小さな町も九州の各地から幾多の商人が集まり、かってない賑わいとなった。

この王直様をこの島に呼び寄せた人が誰あろう田尾様であった。

田尾様はバハン稼ぎを通じて、かねてより王直様を見知っており、日本には銀があまた産すること、そして交易の拠点も明国に最も近い五島が望ましいことを説いたのである。

その当時、明国では銀銭の需要の高まりとともに、明人の銀への思い入れと信頼は大変なもので金よりも好んだものである。

王直様はこれまで様々な国との交易を通じて、日本の石見というところに産する銀が大変良質でその埋蔵量も多いことをよく知っており、日本との交易を強く望んでいた。

日本で豊富に産出される良質な銀と明国の銀貨幣への切り替えに伴う銀需要のたかまりから、東シナ海の銀密貿易市場を作り上げたのがほかならぬ王直様だったのである。

王直様は日本人が欲しがる生糸・人参・陶器・書画・明国銭などを明・ルソン・シャム国などから大量に仕入れてきて、それを江川の館で宇久様配下の商人に売り渡し、銀と交換したためその利益は莫大な富となった。

こうした噂は瞬く間に九州中の大名に知れ渡り、なかでも平戸の松浦隆信様は熱心で、さかんに平戸に来るよう誘ったのである。やがてその誘いを王直様は請けて、新たに平戸の印山寺に広大な屋敷を建ててそこを拠点となされたのである。それからの平戸はまたたくまに博多・堺・京都の商人で溢れ、沖には明・ポルトガル・ルソン国などの船が列をなし、西の京都と呼ばれるまでになった。田尾様はこれを悔やんだが、それはあとの祭りだった」

亡霊武者はここまで一気に話すと、感慨深そうに宙を眺めていた。

「今日は、少々話が長くなってしまったようだの。眠くはないか」

「うんにゃ、旦那様少しも眠くはありません。私には分からんことばかりですが、大変面白く聞かせて貰っています。どうぞご遠慮なくお話ください」

「それはありがたい。それじゃ、もう少し王直様の話をしようと思うので楽に聞いてもらいたい」

楽に聞いて欲しいといわれても、亡霊武者の目は赤く光り、その肌の色は氷のように青白く、とても正視できるような顔ではなかった。

「王直様は明国の安徽省歙県の人であった。若いときは塩商人をしていたが失敗したことにより、海に乗り出しいわゆる密貿易に従事し、またたくまに海商王としてその名を知られるようになった。義に厚く、部下に惜しみなく施した。また、知略に富み機敏な行動は、信望が厚く多くの配下を擁していた。あえて言うならば一人の大きな交易商で且つ偉大な義人であった。その器量の大きさから九州の諸大名とは比べようのない大きな人だった。

その当時の明国は沿岸の航行、大型船の建造、各地の港湾への出入りなど厳しい海禁政策を採っており、なかなか自由な交易は認めて貰えなかった。

そうした厳しい監視の目を盗んで、王直様は密貿易に乗り出した。機敏な商才と大胆不敵な行動でたちまち海商王直としてその名を知られるようになった。

その王直様が広く日本に知られるようになったのは、天文十二年（一五四三）に種子島に漂着したポルトガル船に乗り込んで、この国に鉄砲を伝えたからである。そのときの王直様は大明の五峰王直と称していた。五峰とは中国人から見た古くからの五島の地名である。

その鉄砲であるが、日本に最初に伝わったのは五島であった。天文九年（一五四〇）五島深江に本拠を定めた王直様は大津の浜に殿様や重臣を招き鉄砲を実射して見せた。

その後平戸の松浦候にも数丁献上しており、松浦候は種子島に伝わる一年前に実際の戦で使用している。薩摩にも早く伝わり、島津貴久は種子島のポルトガル船が伝える一年前に同じように実戦で使用している。

こうした鉄砲伝来にまつわる話は九州各地で伝わっているが、要は種子島時堯が難破したポルトガル船から二丁の鉄砲を購入し、刀鍛冶の矢板金兵衛に命じて複製を作らせ生産できるようになったことから広く鉄砲伝来の地とされたのである。この時ポルトガル人と一緒に乗船していたのが五峰と名乗った王直様だった。このように海の帝王としての王直様の活躍と行動範囲は東シナ海から南シナ海全域に及んでいた。

通商を許した宇久盛定公は優れた見識の持ち主で、王直様から献上された鉄砲の威力を見て、これが大きな商いになることを悟っていた。盛定公は、鉄砲の弾薬に不可欠な硝石が日本国内では産出しないことを王直様から聞かされており、王直様を通じて硝石の輸入を諮れば、莫大な利益を得られることを悟ったのである。そして、その硝石を集める仕事を我ら田尾水軍に命じたのである。

五島の島は明国からは古くからその存在を知られており、隋書にも『五山あり、海に懸かり相錯してその中に生ず。総じて五島と名づける』と記されている。

日本では古くから値嘉島と呼称されていたが、航海者から見ればまさに海中に五山が隆起して見えたことから五島と呼ばれていた。そのほかには五峰・五島州・五多島さらには舟羅国などと紹介されている。宣教師などの欧州人からはGOTO・Goto Islandsと呼ばれていた。いわば五島の地名の起こりは自由な海の航海者達のなかから自然につけられたものである。

当時の日本と明国との通商は、勘合符貿易といって室町幕府の制限下に置かれ、日本船の明国への入港は十年に一度といった極端な制限交易であった。王直様はこうした明国の海禁策に大変な不満を持っており、密かに密貿易に乗り出し巨万の富を蓄えた。そのことは、われわれのように日本の辺地に割拠する海賊衆も同じ思いであった。

しかし、王直様のこれらの行為は明国側から見れば、国法を守らない許しがたい売国行為でもあった。お尋ね者となった王直様には莫大な懸賞金がかけられ、何としても王直を捕らえよとの命が下っていた。追われる身となった王直様は、明国の舟山諸島に交易の拠点を移し、自ら日徽王と名乗り、王侯さながらに常に緞衣を身にまとい、付き従う松浦三十六党や薩摩の海賊衆には官位授け、これを配下とした大倭寇集団を作り上げた。

王直船団の結束は固く、幇という強固な掟で結ばれていた。

戦いの神である関羽の廟の前に額づき、星辰を兄弟として、天地を父母となし、生は同時に受けざるも、死は必ずや同じにせんと、互いの鮮血を飲みあって固く結ばれていたのである。

こうして真正面から故国である大明国に対峙したのである。

王直様は舟山諸島と五島のあいだを頻繁に行き来し、五島の唐船の浦・奥浦さらには増田といったところに造船場を設け、広州、福建辺りで見られる南シナ風の大型ジャンク船を何艘も造った。われわれの持っている船は、源平以来の型で船底が平底で沖に出ると波を切ることができなかった。そのため、関船を改良して船底を尖らせ、船首も海戦に有利なように高く改造した。また、波除けの甲板も広くし、その上には櫓を組み、そして甲板の下には長い航海に耐えられるような貯蔵庫を造った。それは小さな城のようだった。

倭寇の大頭目となった王直様は二千人からの大軍を擁し、一挙に三百人を収容できる巨船数隻で明国沿岸を荒らしまわった。付き添う数百の軍船は沿岸を覆い尽くし、縦横に往来しまるで無人の荒野を行くようなものであった。

われら田尾一族も当然にこの一団に加わった。江川の沖に一領具足を身にまとって結集した松浦三十六党の頭目達は、三十人から五十人ほどを一船団として編成し、磁器の甕には沸騰した水を詰め込み、魚の干物・スルメ・米などの食料を大量に積み込んで、一本の帆柱を立て物見櫓には八幡大菩薩の旗をたなびかせ、勢よく深江の港から船出したのである。

領主の宇久様を始め、有力な家臣であった青方・白浜・奈留といった浦々に割拠する土豪も軍船を整え王直軍に加わったのである。

明国に渡るには、古くから南路といって五島から明国の揚子江の河口を目指して行った。その地へ行くには冬から春にかけて北東季節風が吹き始まるのを待って、真潮（黒潮）の横を逆流する大きな潮の流れに乗れば、一昼夜で五十里（二百キロメートル）は走ることができた。

逆に明国から日本に向かうには五月から八月にかけて南から北への季節風が吹くので、島伝いに北上すれば日本にたどり着く。南から北へ吹く風は、やがて薩摩沖から左右に分かれて西の流れに乗れば五島を迂回し、対馬沖を抜け日本海を北上している。異国の船が難破してこの五島に漂着するのはこの海の道があるからである。

しかし、冬場は風が強くまた波も高くなるので、なかなか船は出せない。そこで北風が吹き始める十月から十一月の初旬頃か翌年の三月か四月頃にかけて船出するのだが、順風であれば五日もあれば明国沿岸にたどり着くが、嵐に会うと一ヵ月以上も大海をさ迷うことになる。なかには難破して海の藻となるものも多かった。

いったん、海に出ればそこは果てしない大海原である。いつ、嵐に巻き込まれるのかそれは運次第であった。まさに板子一枚地獄の極限の世界に男達は掛けていたのである。

それは天文十七年（一五四八）から本格化し、その後数十年続いた」

【閑話休題】

一九七五年に北ベトナム軍の侵攻によって、南ベトナムの首都サイゴンが陥落してベトナム戦争が終結した。その際に難民となって国外脱出した人々は百四十四万人に及んだ。大半が陸路からカンボジア・タイなどの周辺国に難民となって逃げ込んだ。しかし、一部には小さな小船で海上へと脱出した者もあった。小さな動力船だったため燃料切れとともに、その行く末は風の吹くままに流された。なかにはうまく黒潮に乗り、助かった者も現れた。フィリピン・台湾・沖縄などが多かったが、その中で五島に漂着した難民も数多くいた。黒潮は鹿児島沖から左右に分かれ、右に流れると土佐沖から大きく陸地を離れていることから太平洋側で発見されるベトナム難民は少なかった。鹿児島沖から左に流された難民船の多くが五島に漂着したのである。現代人は、科学技術の進歩とその思い入れから、もっぱら動力による移動手段を念頭においているが、このベトナム難民の航跡を辿ればそれは大きな誤りであることが分かる。古来より海洋民族であるわが国の人々は、季節風と潮の流れを熟知していた。いわゆる海上の道である。

この五島では、天皇の使わす使者が対馬に食料の運搬をするのに、わざわざ遠回りして五島から渡っているのである。

大君の　　遣らすに情進　　さかしらに

行きし荒雄等　奥に袖ふる

右は万葉集十六巻に収められた筑紫の国の白水郎荒雄が大宰府から命じられて、対馬に食料を送る際五島の三井楽を旅たつ時の歌である。

現在の感覚では博多の港から最短コースを当然のごとく考えるが、動力船が普及する以前は、多少距離はあっても、安全なコースとしてこの黒潮の海の道を利用していたのである。

「そのころの日本は、まさに戦国乱世で糸が絡まるように乱れに乱れ、明日の命も定まらないような時代だった。いまだ、織田信長様も尾張の一土豪に過ぎなかった。

大倭寇軍の構成員のなかで、われわれ日本人は約二割程度で、多くは明国を追われた明人が大半であった。その明人も福建省あたりの海民が多かった。いわゆる明国の海禁政策によりあぶれた者達であった。このように一口に倭寇といってもその実態は明国を追われたならず者と日本の海賊衆の混成部隊であったのである。

しかし、実戦になると武士を主体とした日本人の働きはすさまじく、日本人一人が明人千人に値するといわれ恐れられた。王直様もつねづね倭人万人あれば大明国を獲れるものをといっていた。

われわれは、明国沿岸の島々に上陸し、水と食料の調達を行った。その場所も揚子江以南のいわゆる南シナ地方に限られていた。そこは温暖で米が年二回も獲れるような土地だったからである。明国軍の情勢は明国内にいる同調者と連絡を取りあっていたことから、その動きは手に取るように分かった。

いまや王直様の大倭寇軍は、大明国の屋台骨を揺るがす存在にまで成長していた。そんなときである、

弘治三年（一五五七）の九月二十三日のことだった。その日、五島深江の港に一艘の明国船が碇を下ろした。一人の僧が降り立ち、唐人町の王直館を目指して行った。その僧の申すには、明国は王直様と和解し、願いどおりに互市（交易）を認め、新たに高い官職を与えるとの話を持ちかけた。また、故郷にいる母親の手紙を携えてきており、それによると一度国に帰ってきてもらいたいとの誘いだった。

これは罠に違いないとの葉宗満・王汝賢など重臣達の意見を退け、王直様はこの要請を受け入れたのである。そして、この深江の港から旅立たれ帰国の船に乗ったが、二度とこの島に帰ってくることはなかった。

しばらくして、養子の王傲様から浙江省巡撫総督胡宗憲の計略によって斬殺されたことを聞いたのである。

今に残る福江唐人町の明人堂はその王直様一族の霊を弔う場所である。元々はシナ特有

の海上安全を祈願する馬祖廟が建っていた。馬祖は広東や福建といった海沿いの地域で信仰されていた女神である。王直様の船には必ず馬祖を祀る祭壇があり、船出の時はその祭壇の前では蝋燭が灯され線香が焚かれた。また、行先や風向きなどはこの馬祖の神の前で籤を引いて決定した。

王直様の無念の死を知ると、七~八歳になる王直様の娘は一人この廟に籠もり七日七晩飲まず食わずに鉦を鳴らし続けて死んでいった。これがいまも明人堂で祭られている『玉宝童女生浄土』の御霊である。法名にあるとおり、生きたまま成仏したのである。

王直様が福江を発たれる九月二十三日を命日と定め、今でも大切に祭られている。

無念の死を遂げた王直様の思いを思うと、これまで親のように慕い、多くの恩顧を蒙った多くの海賊衆は、弔いの合戦という名目で舟山諸島に結集し、再び抗明の旗を立てたのである。

舟山諸島は上海の南方で、杭州湾の東側に連なる群島である。

舟山、普陀、長塗山など、大小四百ばかりの島々からなっている。

古くからこの地は海上交通の要地で、日本から東シナ海をこえて唐国に渡る船は、必ずこの群島を抜けて杭州湾に入った。

王直軍は舟山島の東に位置する普陀島を拠点として、東シナ海を支配する王国を築きあげたのである。五島からはせ参じた海賊衆もこの普陀島を拠点としていた。

　鳥が餌を求めて国境なく大空を行き交うように、五島に割拠する海賊衆は働き場を求めてどしどし押し出し大海原を自由に行き交ったのである。

　そこには国家とか中央とかの意識はなく、もっぱら志を同じくする者の連帯感によって結ばれていた。

　その舞台もしだいに浙江省から福建・広東省とひろがり、沿岸部から内陸部へと拡大されていった。まさに大倭寇時代の到来だった。これを明側は『嘉靖の大倭寇』と呼んでいた。

　倭寇の代表的な戦法は、上陸すると一列の隊列で進み、明国軍に遭遇すると瞬時にパッと散って野に伏せ、馬に乗った指揮官が軍扇をさっと振ると伏兵が一斉に刀を頭の上で回転させる様子が、まるで蝶が舞っているように見えたことから、これを『胡蝶の陣』といった。また、先頭と最後尾に最強の兵を配し、頭を攻撃すれば最後尾の兵が反撃し、最後尾を攻撃すると逆に先頭の兵が反撃することからこれを『長蛇の陣』と呼んだ。

　その頃の倭寇の戦いぶりを、当時の明人の役人は詩に詠んで伝えた。

　　倭寇の軍は静々と

千変万化の陣構え
ほら貝の音に胡蝶とび
一列に並び長蛇に走る
軍扇さっと打ち振れば
全軍たちまち影もなく
また忽然とあらわれて
あたり一面の刀の花
さらに贋物も加わって
禍に乗じて中華を騒がす

倭寇の残虐さは言葉にならず、全てが一空となった。田や畑は焼き払って、食料を絶ち、民家は残らず焼き払い、家財は略奪した。女はほしいままに姦淫し、さんざん弄んだ末には、殺さずに逃がした。男の場合には、年寄りと子供は一人残らず斬り殺し、健康そうな男は無理やりに捕まえ、マカオやマニラに奴隷として売り飛ばした。人狩りである。強壮な若者には日本風に髪を剃り、漆を塗りたくって偽日本人に変装させ、刀や槍を持たせて合戦の仕方を教えて、合戦となるとこれを先頭に押したてた。どの道助からぬ命のため、その苛烈さは話にならなかった。こうして、明の沿岸部に住む貧しい漁民は自ら進んで倭寇に身を投じる者はあとをたたなかったのである。

こうした戦のやり方は当時の戦国大名が他領を攻めるときに用いる常套手段だった。しかし、王直様という倭寇の後ろ盾を失ったことから、さすがの倭寇の一団も徐々にその活動は衰えていった。

世は戦国乱世であった。いつ、自らの領分を奪われるとも限らないことから、その領分を守っていくことに精一杯だった。この五島でも多くの島の頭目は宇久様に臣下の礼をとり、家臣として生き残っていかざるを得なかった」

ここまで一気に話すと、その亡者は勘次の顔を暫く見つめていた。勘次は長い間目をつむり、何かを考えているように見えた。

隠し砦

嘉永二年（一八四九）九月二十六日。六貫目様の七回忌が巡ってきた。その日は朝から城跡の東隅にある水飲み場に行き、沐浴して身を清めた。

住まいとする小さな石室に祭壇を設けて、灯明を灯し線香を上げた。

今日が父親の遺言であった六貫目様の七回忌だと思うと、これまでの様々な出来事が夢のように駆け巡った。

本来ならば男盛りの二十六の歳であるはずが、世間から逃げるように海賊の城跡に住みつき、限りない孤独と向き合っている。

余りにもみじめで悲しい一身の変化だった。

その日は終日六貫目様の供養の念仏を唱え、城跡から一歩も出ることはなかった。

これで、父の遺言のひとつを果たせたと思うと、自然に止めどもなく涙が溢れ出た。いまひとつ悔いが残るのは、いまだに六貫目様の菩提を弔う墓石の建立を果たせていないことだった。

そろそろ富江の町に出て、大蓮寺の和尚に相談してみようと思い巡らしているうちにその日も平穏に過ぎていった。

いまや楽しみといえば、たまに現れる亡霊武者の話を聞くことが何事にも代えがたかった。これまでこの島の栄枯盛衰については何ひとつとして知らなかった。幕藩体制の鎖国政策によって、倭寇の痕跡の残るこの島の歴史を語ることはタブーだったのである。

松浦地方の浦々に割拠した土豪を先祖に持つ者は、わが身の保身のためバハン稼ぎの証拠となる書付や略奪した磁器などの貴重な品も跡形もなく焼却して、先祖の足跡を消したのである。

その亡霊武者が現れたのは、その翌日のことであった。例によって、真夜中の八つ頃だった。勘次は寝ないで待っていた。

「勘次起きていたのか。お前は変な奴だ。わしを少しも恐れず、何の心配もしていない。気が触れた者は恐れの気持ちがなくなるというが、まことのようじゃのう」

というと大きく剃り上げた月代を手で撫ぜながらにこりと笑った。

「旦那様、私はこれまで大きな過ちばかり繰り返してきたどがんしょうもなか男です。わがの欲のために人としてしてはならんことをしてしまいました。そん報いを受けるのは当然です。人として足りることば知らず、貪欲に我欲の赴くまんまに生きてきました」

と勘次がいうと、その亡霊武者はなにやら小難しい顔つきになった。

「何をいう勘次。お前ほど真っ正直な人間はいないぞ。毎日、僅かばかりの食料で暮らし、生活もつつましく、まったく高ぶることもない。お前が罰を受けるのであれば、このわしはどうだ。この手で全く罪のない人々を百人から殺めている。だからこうして無間地獄をさまよっているのだ」

「旦那様。私は生きながらそん無間地獄におっとです。誰からも相手にされず、こがんして世を捨てて生きながらえています。これ以上の地獄はなかです」

というと、勘次は涙ぐみながら亡霊武者を見つめた。

「勘次よ。人の世はあざなえる縄の如しというではないか。つまり、生きていれば人の幸・不幸は誰でも繰り返して巡って来るものである。お前も今一度昔の仕事に就くことを考えてみてはどうか」

問われた勘次は暫く何か考えているようであったが、おもむろに口を開いた。

「旦那様。こん富江に私の救いがたい行状ば赦してくれる者はおらんとです。どがんして戻れましょうか。いまとなってはこんまま静かに暮していくことだけが望みです」

「どうしてそのように心を閉ざすのか。お前はまだ若い。これからいくらでもやり直しが利くではないか。確かに全ての物事は因縁によって生じており、勝手に存在するものではない。人は生前の行為によって死後の道が決まってくる。すなわち、生前の行為の善悪によって地獄・餓鬼・畜生・修羅・人・天道の六道を繰り返すのだ。まさしくこのわしは、生前の悪業により、地獄を彷徨っているのだ。いわば仏罰である。自業自得とあきらめている。

わしらのような亡者には何の法力もない。お前の苦界を救ってやろうにも何もできない。ただ、未練がましくお前の前に現れて偉そうに話しているだけだ。お前は苦界に沈むわしの一族のために、朝夕ねんごろに念仏を手向け慰めてくれている。ありがたいと思っている」

というと亡霊武者は急にかしこまり、勘次の目の前で深々と頭を下げたのである。

「勘次よ。わしはお前の先々を心配している。今のお前には余計なお世話かも知れないが、お前がもう一度やり直す気があれば、これからの生活の足しに何か礼をしようと思っている。

わしら一族の墓のそばにある楠の木の袂に四尺四方の大きな石があるだろう。その大石の下には金櫃が埋めてある。その中には銭で五百貫といくばくかの金や銀が入っている。ただ、銭五百貫といっても今の世では使えない宋銭である。小粒の金や石州銀は長崎の両替商に持っていけばそれなりの小判になるだろう。この銭はこの城の万一のために蓄えた軍資金である。もはやわしには用のないものだ。お前がいまの境遇から抜け出るために役立つのであれば、わしは喜んでそれをお前にやりたいと思っている」

勘次はしばらく黙って聞いていたが、おもむろに言った。

「旦那様のお気持ちはほんに有難いことでございますが、いまの私には銭は無用のものです。銭の欲のためにこがんな境遇に陥りました。銭は人の心を弄ぶ魔物です。いまさら銭を持ってなんになりましょう。雨露ばしのげるこの城跡と目の前の海の幸があれば何もいらんです」

静かに勘次の顔を見つめていた亡霊武者は、深いため息の後に改めて勘次の顔を見つめていた。

「勘次よ。人は誰でも三つの毒を持っている。それは『貪り』と『怒り』と『愚か』という毒である。

世の中の災いや人の浮き沈みといったものは、ほとんどこの三つの毒が原因であることは、このわしやお前の半生を見れば自ずと分かるであろう。しかし、わしから言わせればこの毒があるからこそ、人は生きる力も湧いてくるのだと思う。大事なことは、高い、志を持って貪り、凡庸であることに怒り、愚かであることへの恥であると思うが、どうじゃ」

と亡霊武者は優しく語りかけた。

「旦那様。私には難しいことは分からんばってん、こん境遇は私の卑しか心根と愚かさから生じたものと思っちょります。旦那様が私の行く末ば按じて頂くことはほんに有難い限りですが、私は銭の使い道ば知りません。私には銭は無用です。こんからのことは、心静かにこの城跡でつつがなく余生ば過ごせればと思ちょります」

「物の欲を捨て去れば、お前のように生きているうちに仏の境地に達することができる。それに比べると武士とは何と生きにくいものであろう。主君のために忠義を尽くし、一族を養い、所領を増やすことしか考えが及ばない。そのためには殺生し侵すことも憚らない。何という罪深いものよ」

というとしばらく沈黙していた。

「勘次よ。人は必ず死ぬものであり、善悪とか正邪とか、真実とか不義とか、責任や義務を果たした果たさないとかなどは、千年も経てば全て塵のように吹き飛んでしまうものである。過去も現在もそして未来も、人間は生きていて、悩んだり苦しんだり、愛したり憎んだりしながら、やがて死んでいく。金石に刻まれた碑銘も、いつかは錆びて朽ち果て、この世から消え去ってしまう。この世の森羅万象の全てが空であると悟れば、生も、死もない静かな世界に入ることができる。万物はどんな物でも劣化し、最後には朽ち果ててしまうものである。

わしも生きている間にさような悟りができていれば、貪欲の道に陥らず安穏に生涯を終えられたと思うと無念である。今日はお前に人の道を教えてもらったようだの。お陰でこのわしも少しは救われたような気がする」

勘次は目を瞑り、黙ったまま静かに亡霊武者の言葉を聞いていた。

「勘次。お前は生きているのだ。現実に自分が生きていることの認識以外に確かなものはない。生きていればこそこれからも様々な喜びや困難があろう。苦しみから逃れるのではなく、清らかな心で楽しみを求め、深い大きな喜びで自分自身を満足させて生きて欲しい。そのために努力し苦しむのが人間本来の生き方と思う。お前がこれからどのような生き方をしていくかは、おまえ自身の心の中にあるのだ。

お前の気持ちはよく分かった。これからも長く孤独な日々が続くであろうが、心安らかにいつまでもここで生活するがよい。

さて、話が長くなったがこれからこの城の築城の経緯を話そう」

というと亡霊武者の顔がひきしまり、いつものように姿勢を正して語り始めた。

「宇久様に従臣するようになってからは、バハン稼ぎも余りできなくなっていた。その頃の田尾様は、田尾村とこの戸の浦一帯を知行地として宛がわれていた。戸の浦といっても分からないだろうが、今の富江のことだ。その当時は、いまの宮下一帯に僅かばかりの漁民が暮らす侘しいひなびた漁村だった。あたり一面に雑木が生い茂り、多くの獣が棲む未開の土地だった。

その頃の御屋形様は二代目田尾頼勝様で、わしの甥に当たる人だった。頼勝様は華々しいバハン時代の活躍が忘れられず、密かに出城を築くことをわしに命じたのである。やはり、一族の宿命としての海が忘れられなかったのである。それでこの地にバハンのための城を築いたのだ」

「何故、こがん不便で、何もなかところに城をお造りになったとですか」

と勘次が不思議そうに尋ねると、

「何故、この地を選んだかとな。それは、われらは海の武士としてこの辺りの海は知り尽くしていた。勘次、お前の座っている石窓から外を覗いて見ろ」

いわれた勘次はすぐに立ち上がり、いつも眺めている石窓の外を眺めたが、暗くて何も見えなかった。

「向かって左手に黒島、その右奥に赤島、大板部島、さらに黄島が一望の下に見えるであろう。そして、ここからは遠くて見えないが黄島の南にはわれらが支配している男島・女島と連なっている。わしらはこの女島を最後の拠点として明国に渡ったものである。この城の前に広がる海は八幡瀬・唐人瀬といった岩礁が隆起しており、海から攻め込まれる恐れもない。また、湧き水もふんだんに湧き出ておる。この地こそ人知れずバハン稼ぎをするための最もふさわしい場所と考えたのだ」

説明され、よくよく考えてみればなるほどと納得いくものの、勘次はいまひとつ釈然としなかった。

「それとここを選んだのには、もうひとつ訳があった。宇久様に従臣するようになってからは、もはや公然とバハン稼ぎができなくなっていた。そこで人目につかないこの地を選んで密かにバハンを働いたのだ。今でもこのあたりには人が住む村はない。ただ、雑木が生い茂る荒野でしかない。

古くからこの城の前の海は、日本と唐国を結ぶ海の道である。日本に立ち寄った唐国の船は必ず黄島の沖を通過して、男女群島の女島を最後の陸地として見納めしてから一路帰国の途に就いたのである。

明国を荒らしまわったときに知ったのだが、明国の主要な港には必ずといって石を高く積み上げて造った砦があった。わしらは、この明国の砦を模してここに日本風の城郭でなく、より実用的な小さな石の砦を造ろうと考えたのだ。見てのとおり、天守の跡も櫓の跡もない。ただの石組の小さな砦である。しかし、一度船に乗って海からこの砦を見てもらえれば分かるが、よほど近くに来なければ、周りの海岸と区別が付かないように造っていることが分かるであろう。だから、今でもこの砦のことを知る人はいない。

それは、いまから二百九十年以上も昔の永禄九年（一五六六）のことだった」

大蓮寺

歳月の流れは速く、いつしか秋から冬へと季節も移り変わり、嘉永三年（一八五〇）の新たな年を迎えても勘次は城跡を動かなかった。

そろそろ、富江の町に出向き、大蓮寺の和尚に父親と六貫目様の供養のことで相談しなければと思っているうちに季節は初夏を迎えていた。

城跡の前の海は、夏のまぶしい日差しを浴びて蒼くキラキラと輝いている。遠く海を隔てた対岸を見れば大浜村の家並みがかすかに浮かんで見えている。その大浜村の背後には鬼岳の優美な姿が眺められた。鬼岳の緩やかな稜線を辿るとその裾野の先が箕岳で、お椀を伏せたような小山が五島灘に落ち込んでいる。海に目をやると一番手前に黒島それから赤島、黄島と小さな島々がまるで小石を浮かべたように散らばっている。まるで一幅の絵を見るような光景が広がっていた。

朝から照り返すような強い日差しを受けながら、勘次は久方ぶりに富江の町に向かって歩いていた。女亀を過ぎ土取郷に入ると人家が多くなってくる。

最近、この土取郷の田中正三郎という人が薩摩から商売のために移り住んだ田原伝吉（富江では薩摩伝吉と出身地名で呼ばれていた）からサツマイモの栽培方法を学び作付けしたところ、これまでの腐食しやすい五島の芋より数段収穫量が多く、品質も優れていることから最近はどこの畑でも芋畑だらけとなっていた。

芋は長期的な保存ができる食物である。農家の土間には床下を深く掘り下げた芋窯を作り、芋の上からはコメの籾殻を被せて温度を一定にし長期保存できるように工夫していた。米に恵まれない貧しい農民は、主食のように毎日のように取り出して食べた。また、芋を薄く輪切りし、これを大釜で湯がいてカンコロを作った。生のカンコロは乾燥させて焼酎の原料となり、湯がいてから天日で乾燥させたカンコロは、セイロで蒸してからもち米と憑き合わせてカンコロ餅を作った。

村々には竹で編んだカンコロ棚が無数に作られ、現金収入の少ない農家の貴重な作物となった。

今ではカンコロ餅は五島の数少ない名物である。

山という山はあっという間に耕されて、天にも昇る段々畑となった。

この生産性に富んだ芋の出現により飢饉の心配がなくなり、百姓衆も安心して農作業に従事することができるようになった。田原伝吉という一人の移住者がもたらした功徳である。

そんな町の噂も勘次には関係のない世界であった。

たまに行きかう人と出会っても軽く会釈をするだけで、誰も勘次と気づく者はいなかった。

富江の町は何も変わっていなかった。静かに家中屋敷が建ち並んだ町並みは小さな城下町の風情を漂わせていた。

しかし、家中の侍屋敷でたまに出会う侍の表情は、どこか険しい目付きをしており、時代の大きなうねりがこの小さな島にも押し寄せていることが分かった。

こんな小さな町にも二本差しの侍集団がおり、自らの存在を誇示するように歩いていた。ひなびた田舎町の富江にあっても身分制度の垣根は絶対で、侍は庶民の上に君臨していた。

勘次は高い石垣に囲まれ、庶民を威圧するような立派な門構えのある藩の上士である大野屋敷のある上の町を右に曲がった。平田・玉浦といったこの小藩の指導者の邸宅が一塊となって連なっている。どの侍屋敷も四百坪を優に超える敷地であり、その敷地も高い切石の石垣で周囲を覆われ、内部を伺い知ることはできなかった。

大木の枝先が伸びる街路には人影はなかった。小さな藩であるため家中の過半は江戸詰めであり、家中は女子供と老人が多かった。下の町を過ぎ、海岸を目指して五丁ほど歩くと大蓮寺の大屋根が見えてきた。大蓮寺は富江分藩のときに初代盛清が開いた浄土真宗の大寺で、上五島や椛島にも多くの檀家を持っており、一般庶民がその中心であった。

古びた大きな山門の前に来ると、急に不安な気持ちがもたげ足が止まった。しばらくその山門の前で佇み何か思案していたが、思い切ってその山門をくぐると、右手に古い釣鐘堂があった。勘次は釣鐘堂の裏に行き、しゃがみこみながらしばらく思案していた。

「ここまできたら全てを和尚に話そう」

と心に決めると寺の庫裏に向かって歩き出した。

「ごめんなされ。和尚様はいらっしゃいますか」

玄関先で声をかけると、中から十歳くらいの小僧が出てきた。

「どちら様でしょうか。和尚様はお盆前の法要で檀家先を廻っており、しばらく出ております。ご用でしたらすぐに帰りますけん、どうぞ本堂の中で待ちょってください」

小僧は勘次の薄汚れた姿には何ら頓着せず、本堂の中へと案内した。

そこは子供の頃の遊び場であり、懐かしく周囲を眺めていると、すぐに小僧がお茶を持ってきて、勘次に一服するよう勧めた。

暫くぶりにお茶をご馳走になり、懐かしく境内を眺めていると和尚が汗を拭きながら山門をくぐる姿が見えた。

七年ぶりに見る和尚の姿は、腰が曲がり随分と老けて見えた。

勘次が急いで身支度を整えていると、「ゴホン」という咳払いをして和尚は本堂の正面に神妙な面持ちで座りなおした。

「待たせてすまんかった。盆前で忙しくてな。して、拙僧に用とは何事かな」

と和尚は勘次を見据えた。和尚の眼は何年ぶりに現れた小汚い勘次の姿に当惑している様子だった。

「はい。私は、職人町の者で七年前に亡くなった作治の一人息子の勘次です。こん度は、和尚様にお願いの筋があって参りました」

と挨拶すると、和尚は驚いたような表情で改めて勘次の顔を見つめなおした。

「職人町の勘次ではなかかと思っちょったが、達者でいたのか。それにしても余りの様変わりで、うかつにも分からんかったよ。達者でいたとは驚いた。して、いままで何んばしちょったのか。どこに住んじょっとか」

と続けざまに聞いてきたが、勘次は黙ってうつむいたままだった。

勘次が黙りこくっているので、和尚はそれ以上聞こうとはしなかった。

「まあ、元気で何よりたい。見れば気鬱の病気もよくなったみたいだな。そいで拙僧に用とは何事かな」

「和尚様。実はお願いの筋があって参りました。私はいままで亡き父の菩提を弔う墓石ば建てていません。ついては、こん機会に墓石ば建てようと思い立ちました。ここに銀で六貫目に少し足らんですが持参しました」

といって来訪の目的を伝えると、勘次は薄汚れた着物の懐から油紙に包んだ銀六貫目もの銭を和尚の前に差し出した。

墓石を作るのに銀六貫目と聞いて、和尚は唖然とした顔になり、勘次の顔を疑い深そうに見つめていた。

「和尚様。この銭は決していかがわしいもんではなかです。故あって父から引き継いだ銭で、いままで使わんで残しておいたものでございます」

しかし、一般庶民が持てるような額ではない。和尚はなおも信じられない面持ちで勘次のいうことを聞いていた。

「私の身の上からお疑いでしょうが、どうか和尚様、私の言うことば信じてください。間違いなく、父作治から受け継いだもんで御座います。墓石ば造って頂いた残りの銭は全てお寺に寄進しようと思っちょります」

と勘次がいうと、

「なんとも近頃珍しい話よの。銀六貫目もの銭があればこん田舎では何不自由なく、生涯遊んで暮らしていけるばい。そいを自らのもんとして使おうとは思わんとか」

和尚はなおも勘次の言葉が信じられない様子で、勘次の真意を探るように聞きなおした。

「和尚様。どうかお願いします。亡き父の墓石ば造らせてください」

勘次は繰り返し必死に和尚に訴えた。

どうしたものかと今度は和尚の方が考え込んでしまったが、やがて意を決したように口を開いた。

「よか。お前の親に対する孝心はまことに見上げたもんたい。お前の気持ちば汲むことにしよう。ちょうどお盆前でもあり、いまから石工の久兵衛に頼めば間に合うじゃろう」

和尚は、承諾した。

勘次がなおもいい足りなそうな顔をしているので、和尚が尋ねた。

「まだ何か話があるようじゃな」

「実は和尚様、もう一基同じくらいの墓石ば建てて欲しかとです。そん人には名がありません。ただ唐人六貫目の墓と墓石に刻んで欲しかとです」

「何を言うかと思えば、名のなか人の墓を建てよとな。訳ば聞くわけにはいかんのか」

勘次はただ黙って和尚の顔を見ていた。

「まあ、よかじゃろう。お前の身なりを見るに何か深い人に言えない訳があっとじゃろ。お前の願い通りの墓石二基を造ることにしよう。いまから久兵衛に頼めば、十日もかからんじゃろう。そん頃を見計らってまた来るがよか。とりあえず、この銭はいったんわしが預かっておいてよかな」

「和尚様、本当に有難う御座います。誠に勝手な願いでご迷惑ばおかけしますが宜しくお願いします。これでやっと積年の思いば達することができます」

安堵した勘次は和尚にこれまでの生活ぶりをつまびらかに語った。

和尚と別れた勘次は、久しぶりに本堂の裏手に眠る父作治の墓所に行った。何百もの小さな墓石が建ち並んだ小さな一角に作治は葬られていた。小さな丸石が墓石の代わりに置かれ、その傍にはお盆のためか卒塔婆が立て掛けられていた。勘次は泣いていた。次から次へと涙があふれ出た。

「父っさん、すまんな。もうちょっと待っちょってくれ」

といいながら、酒好きだった父親のために、近くの造り酒屋の福島屋から買ってきた三合ばかりの酒を、父親の墓石である小さな丸石に降りそそいでやった。勘次は長い時間作治の墓の前に額ずき動かなかった。

大蓮寺を出ると自然にかつてわが家のあった職人町に足が向いていた。人目に付かないよう遠くから旧宅の様子を眺めて見ると、別人が住んでいるような気配がした。父と暮した日々が走馬灯のように駆け巡った。余りの激しい運命の流転であった。しばらく旧宅の様子を窺っていると、小さな女の子が家の中に入っていった。外で遊んで帰ってきたのであろう。

家の中からは母親と子供の声が聞こえてきた。

「これでよかばい。これでよかったのだ」

と勘次は思った。誰も住まずあばら家となり朽ち果てるより、少しでも人のためになれば何よりと思った。

船泊のある海岸に出た勘次は、父親と一緒に釣りに出かけた日のことが昨日のことのように脳裏に浮かんだ。

勘次はしばらくの間、干潮により陸続きとなった美しい黒松が生い茂る和島を長いこと見つめていた。

やがて勘次は海岸沿いを食料の貝や海藻を拾い集めながら、夕方近くには城跡に帰ってきた。これで父親の遺言を果たしたと思うと感極まって涙が溢れた。

抜け荷

大蓮寺から帰って来た翌日の蒸し暑い夜だった。

今日あたりには、亡者様が現れる頃と思い、その夜も寝ないで待っていた。

まどろみながら待っていると石部屋に掛けてある筵の隙間から僅かばかりの光の塊が現れた。やがて光の塊は徐々に人間の姿に変化していった。

「勘次ご苦労だったな。今日はまことにめでたい。お前も念願を果たしさぞ満足であろう」

亡霊武者は勘次が富江に出向き、二基の墓石を建立することを知っていた。

「はい、旦那様。お陰さまで長い間の思いば達することができました。これもひとえに御仏のご加護かと思っちょります」

勘次が率直に御仏のへの感謝の念を述べると、亡霊武者は何ともいえない苦痛の表情を浮かべた。

「勘次よ。わしはその御仏に見放され、いまだこうして成仏できず彷徨っている。自ら招いた悪業の報いとはいえ何という因果よのう」

「うんにゃ旦那様。決してそがんにお考えなさってはいけません。人は誰でも成仏できっとでございます。旦那様の魂も絶えず動き、流れており決して同じ形で留まることはありません。いずれは旦那様の魂は浄化され、成仏できるときが来っとです」

「そのように思ってくれるのか。まことにお前と話すと気持ちが落ち着き、救われた心持になる。不思議な男だよお前は・・・・」

「私はこれからも旦那様やこの城跡に眠る人々の御霊を弔いたかと思います。皆様方が安んじて浄土へと旅たてるよう念仏を誦します」

「お前という男は・・・・」

亡霊武者は勘次を長い間見つめていた。それからいつものように泰然とした態度で語り始めた。

「わしらはこの砦の完成の後は、ここをねぐらと定め、毎日のように沖を行く船の見張りを続けた。沖合に船を見つけると、ここから小早を出してその船を襲った。

いくら生きるためとはいえ、罪のない人を殺め、強奪の限りを尽くした。今となっては決して許されず、酷いことをしたと思っている。

実の親子さらには主従の間でも殺しあう乱世とはいえ、まったくひどい時代だった。しかし、そんな時代の風潮も終わりが見えてきた。

織田・豊臣と天下も次第に納まってきて、やがて太閤秀吉様の世となった。もはやバハンの時代ではなくなったのである。宇久様も正式に五島支配の本領を安堵された大名となった。

天下が落ち着くと、太閤様は西国の余りにも激しい海賊の取り締まりに乗り出し、天正十六年（一五八八）には、海賊取締りの禁令を出されたのである。

一　諸国の海上での賊船行為を固く停止すること
一　国々浦々の船頭・漁師で船を持っている者については、在所の地頭・代官が速やかに調査して、今後いささかとも賊船行為をしないことの誓紙を出すこと
一　今後は、給人領主で油断して賊船行為を行う者がいたら厳しく処罰する。そのような給人領主の知行所は永久に没収する

天下の覇権を得た大閤様の布告は絶対で、ここにこれまでの海賊行為は厳禁され、瀬戸内の村上元吉様をはじめとする幾多の海の大名が取り潰された。ここ肥前でも長崎の深堀純賢様が禁令の後に海賊行為を働いたということで所領を取り上げられ、鍋島様の家来に

組み込まれたのである。

海外との交易は、大閤様が発行する朱印状を所持する者に限られたことから、これまで国内の辺地に割拠していた海賊衆もさすがに活躍の場を奪われてしまい、ここに戦国の世の終わりと長く続いた倭寇の時代の終焉を見たのである。

この五島でも禁令が発せられると、たちまちのうちに江川の港近くにあった王直様の館は跡形もなく取り壊され、誰も王直様の名を口にする者はいなくなった。それまで島の浦々に威勢を張っていた海賊衆も、旧悪が表沙汰になることを恐れるとともに、わが身の保身のため何かあれば異口同音に王直様に脅かされいやいやバハンを働いたのだと言いはじめたのである。

世の倣いとはいえ、これでは余りにも王直様が哀れである。

しかし、世の中は分からないもので文禄元年（一五九二）には、その大閤様自らが倭寇の大頭目となり、朝鮮国に出兵したのである。宇久様もこれを機に姓を宇久から五島に改め、兵七百余人をひき連れ第一陣の小西行長様の先発隊として陣列に加わった。むろん、われわれ田尾一族も水軍の要として百人からの水夫を引き連れて参加した。

総勢十六万もの大軍が肥前名護屋に押しかけ、沖には幾多の軍船と諸大名の旗指物で溢れかえった。

われわれの第一軍は、総大将の小西行長様の七千人を筆頭に、宗義智勢五千、松浦鎮信勢三千、有馬晴信勢三千、大村喜前勢一千、五島純玄勢七百余の一万九千七百余であった。不思議なことに第一軍は、平戸の松浦鎮信様を除いて全てキリシタン大名で構成されていた。

五島純玄様に率いられた五島勢七百人余は、同年四月十二日には釜山浦に上陸し、すぐに釜山鎮城の攻撃を開始した。

侵攻当初は、鉄砲を持たない朝鮮軍は相手にならず、日本軍は快進撃を重ねどんどん内陸部に進行し、五月には王城である漢城を制圧し、朝鮮王も宮殿を捨てて逃亡した。緒戦での大勝利を受けて、大閤秀吉様御自ら朝鮮に渡海することを表明したのである。

ところが、朝鮮軍に一人の英雄が現れてからは、日本軍の苦戦が始まった。閑山島・安骨島の海戦で敗れたのである。

その人の名を李舜臣といった。李は弓矢も鉄砲も通じない亀甲船を自由に操って、日本水軍をことごとく打ち破り、朝鮮半島南端の海域の制海権を握った。このことから日本軍は本土からの物資の輸送に事欠くようになり、深刻な飢餓に見舞われ、大閤様も朝鮮国入りを断念したのである。

翌、文禄二年（一五九三）になると、明国の本格的な朝鮮救援軍の導入が計られ、事態は深刻となりより混迷を深めていった。

朝鮮への出兵は、大閤様が亡くなる慶長三年（一五九八）まで続いたことから、諸大名は戦に疲れ果て、多くの兵の損失と莫大な費用の支出を強いられた。われわれ五島勢も総大将の五島純玄様が陣中で病のために没し、渡海した七百余の者も半数近くが失われたのである。わしも六年の長きにわたって、朝鮮国との間を行き来し、命からがら田尾に帰ってきた。

大閤様が亡くなるとまたしても天下は乱れ、石田三成様と徳川家康様との覇権争いとなった。慶長五年（一六〇〇）には、西軍と東軍に分かれた諸大名が関ヶ原というところで決戦したところ、徳川家康様が勝利しここに徳川幕府が開かれ、長く太平の世が続くようになった。

家康様もしばらくの間は、海外との交易は朱印船貿易を継続されたため、戦乱の世が終わった西国の大名衆はこぞって海外交易に活路を見出していくことになった。

大名以外にも、博多の豪商伊藤小左衛門や長崎代官の末次平蔵なども五島・平戸などの各地に支店を構え、数十艘の商船を動かし、公然と密貿易まがいの交易に従事して大名を上回る巨万の富を蓄える商人が現れた。

この五島でも領主の五島玄雅様を始め白浜様・青方様・田尾様と多くの小領主が海外交

易に従事した。なかでも白浜様はわが国と安南国（ベトナム）との交易を始められた最初の日本人だった。

われらは銀・銅・硫黄・刀剣・甲冑・扇子などを積み込み、長崎奉行から朱印状の添え書きを貰って渡海した。

シャム国（タイ）のアユタヤやルソン国（フィリピン）のマニラというところには、戦乱を逃れた二千人以上の日本人が暮しており、大きな日本人町を形成していた。多くは松浦地方を中心とした肥前の者であったが、なかには尾張・紀伊・瀬戸内・土佐・薩摩などから来ている者もいた。さらには、キリシタン弾圧を逃れて国を捨てた者もいた。そのなかには五島から住み着いた者も数多くいた。

驚いたことにマカオやマニラには多くの日本人奴隷がいた。ポルトガルはキリスト教の布教を名目に日本各地に宣教師を派遣し、一時は三十万人余の信者を得たが、宣教師と一緒に同行していたポルトガル商人は日本国内の戦乱に乗じて密かに人買いを行っていた。長崎の港からは多くの日本人奴隷が奴隷船に押し込められ、マカオやマニラで人身売買された。遠くはメキシコやヨーロッパまで奴隷として連れていかれている。

こんな小さな島しか知らない勘次には分からないだろうが、この海はどこまでも果てしなく続き、世界はとてつもなく広い。肌の色も様々で、国ごとに言葉まで異なっている。

しかし、その頃のわしはすでに七十の馬齢を重ね、老い先短い老いぼれとなっていた。やっと、自由な交易ができると思っていた矢先であった。寛永十六年（一六三九）になると外国との交易を禁止する鎖国令が発せられ、ここに海外との交易は全面的に禁止されたのである。

いわゆる寛永の鎖国令である。

またしても、われらは狭い五島の島に閉じ込められたのである。

御屋形様の田尾様は福江の城下に強制的に移住させられ、藩の重責を担う重臣として登用されたことにより、長い歴史を持つ田尾水軍としての役割は終わった。

海という働く場を失ったわれらは、陸に上がった河童同然で土を耕して生きていくことしか道は残されていなかった。

しかし、世の中は面白いもので、日本が国を閉ざしたことから、逆に明国や朝鮮国の船がわが五島の浦々に交易を求めて近づいて来たのである。

長崎の出島が唯一の外国との交易の場と定められたため、制限外の外国船は入国できずにそのまま引き上げるしかなかった。長崎に近いこの五島の島々はそれらの船の禁制品を扱う絶好の場所となったのである。

われらは、田尾村の駄込山と黄島の山頂に狼煙台を設け、沖を通過する異国の船を見張った。この砦に籠もり、終日沖合に浮かぶ明国や朝鮮の船を見張るようになった。

沖合に異国の船が現れると、野心のある船はそのまま沖に留まり、夕闇とともにどこかに姿を消すが、翌日には再び同じ場所に現れるため、その意図するところが分かった。

われらは、すぐに数隻の小船を出して、赤島・黄島さらには女島まで誘導してそこで密かに交易を行った。

特に女島はわれらの抜け荷交易の中心であった。この砦から南に十五里（六十キロメートル）ほど離れ、絶海の孤島で無人島である女島は、公儀の取締りの目も届かず、厳しい鎖国政策の中で僅かに外に開かれた窓だった。誰からもとがめられず、誰の目にも触れず自由に交易することができた。

男島、女島と続く群島は、潮の流れが速く周囲は延々と断崖が続き、容易に船を寄せ付けない島だった。いったん上陸すると三百メートルに近い山が聳え立ち、飲み水には不自由しなかった。

われらは唐船の往来が多くなる九月から十二月頃になると、女島に四～五人の人を送り山頂から異国船の通行を見張らせた。船を見つけると山頂で狼煙を上げると必ず唐船は女島に近づいてきた。われらはこの砦から女島に急ぎ漕ぎ寄せ、そこで密かに交易を行った。

唐人との言葉は通じないが、すべてが筆談でうまくいった。

女島は魚場としても豊かで、カツオやブリがいくらでも捕れたので、これもわれらの大きな稼ぎとなった。

カツオは網を入れるといくらでも捕れた。捕ったカツオを女島に陸揚げして浜で燻製して鰹節を大量に作った。これも藩の大きな収入となった。

女島はマグロの回遊場所でもあり、冬になると大量のマグロが島の周りに溢れた。われらはこのマグロを捕り、博多や下関の魚問屋に売って稼いだものである。大漁の時は、より多くの利益を求めて江戸まで一気に船を走らせた。水軍の末裔としての血が騒いだ。

この五島から江戸まで八~十日で一気に馳せ上った。傭船した勢子船に一本の帆を立てて八丁の櫓で乗り出した。波荒い紀州沖や遠州灘を小さな勢子船で乗り切るのは命がけであった。

一艘の船にマグロの内臓を取り除いて、菰に巻いて十六本を一つの単位として積み込んだ。常に菰の上から海水を注ぎながら冷やし、生で江戸・日本橋の魚河岸まで届けるのである。成功すれば大儲けできるが、途中嵐にでもあい時間を浪費すると腐敗防止のため塩漬けしなければならず、値段も生の十分の一ほどになり大損となった。

塩は五島で自給していた。浦々には塩づくりの釜百姓がいて、大釜で煮込みながら塩を作っていた。

江戸の魚河岸ではマグロ一疋で金三分ほどで取引されるため、運よく江戸まで運び込めば、短期間で百両程度の儲けとなった。

江戸では五島から運ばれるマグロのことを『五島シビ』と言って大変重宝された。江戸で五島と名前が付いたものに『五島スルメ』があった。これも将軍への献上品で、五島シビと並んで国の宝だった。諸国の代表的な物産として、江戸では

房総の干鰯、五島の鮪、松前の鯡

と言われた。

唐船は日本人が欲しがる生糸・白砂糖・織物・書画・漢方薬・亜鉛などの商品を満載しており、その支払いには常に銀や銅を求めた。

明国が滅びて新たに清国の時代になると、銀に代わって銅を求めるようになった。

清国の銅銭の需要が高まったのである。

長崎出島の貿易はいわば幕府の官制の制限貿易でオランダ・清国の二国しか入港は認められなかった。来航する船の数は制限されており、幕府が発行する信牌を所持する船しか

入港できなかった。また年間の貿易高もオランダ銀三千貫（五万両）、清国六千貫（十万両）と上限が定められていた。それにかかわらず唐船の来航は年間百数十艘に増え続けた。輸入された貿易品を扱う商人も長崎・江戸・大坂・京都・堺の五箇所商人に限られており、彼らよって輸入品の購入価格も決められた。独占的に認められたこれらの権益は、結果として御用商人に莫大な富をもたらした。

長崎奉行から発行された信牌を持たず来航して入港できない唐船は積戻船といわれ、強制的に退去させられた。そのことからそれらの積戻船は密かに積み荷を売り捌こうとしたのである。その取引の中心はこの五島沖と薩摩の島々であった。しかしこのことは幕府の施政に反旗をかざす行為にほかならず、見つかれば即死罪であった。

抜け荷が露見すると長崎奉行所に引き立てられ、見せしめのため出島の石橋の前で首を刎ねられて、そのまま晒された。

幕府は、元禄十一年には長崎会所を設置して自らも貿易に乗り出したものの、海外に流失する金・銀・銅の量はおびただしかった。そのため正徳五年（一七一五）には、一年間に来航するオランダ船を二艘、唐船を三十艘に制限したのである。

この砦の沖はそうした唐船が交易を求めて必ず通行する海の道だった。

われわれもこれまでのように自由に交易のため海を渡ることができなくなり、多くの者が帰農していた。沖を自由に通る唐船を見て、先祖から綿々と受け継がれた海の民としての血が騒いだのである。田尾一族として再び結束したのである。われわれが求めた物は、遼東産の朝鮮人参・台湾産の白砂糖さらには生糸だった。この朝鮮人参も制限貿易の対象で釜山にある対馬藩の倭館を通じてしか日本に持ち込めなかった。対馬藩は同じ離島の大名でありながら、倭館を通じて朝鮮貿易を独占していたため、その年間の扱い高となると十万両にも及んだ。

その代表的な輸入品が朝鮮人参だった。このため朝鮮人参は抜け荷の代表的な産物で、長崎の唐人屋敷でもたびたび抜け荷に関わる事件が起きた。高級医薬品である朝鮮人参は、江戸・大坂に持ち込めば一斤（六百グラム）で十両もの値段が付くため、抜け荷の代表的なものだった。軽くて運搬もたやすいため、需要も多く最も重宝がられた。白砂糖や絹織物といったものも買値の五倍以上で売れたため、年に一回の取引をすれば莫大な利益が得られた。

万が一発覚すれば、関係者はすべからず獄門である。さらには藩も即取り潰しである。そのため取引する唐人も信用できる人を選んだ。

われわれは、抜け荷で得た数々の禁制品である朝鮮人参・白砂糖・絹織物をこの砦の石倉に隠し、長崎・大坂の商人を通じて京・大坂で密かに処分したのである。

もちろんこのことは藩も公認しており、暗黙のうちに密かに行われた。その一部は藩政運営のための費用に充てられた。僅か三千石の小藩が生き残っていくためにはやむを得なかった。

富江藩は旗本という立場上、江戸在勤が長く、歴代の藩主は国許にめったに帰国することはなく、藩政はもっぱら家老などの重臣が担っていた。

三千石という小さな藩が大藩に比して、二百年に及ぶ太平を享受できたのは、こうした他藩にはできない余禄があったのも事実である。

江戸・大坂から遠く離れた辺境のこの島で生きていくには、距離的に近い唐国・朝鮮国などとの交易は不可避で避けて通れない宿命であった。

抜け荷という幕府の法度を犯してまで交易していかなければ生きていけない島なのだ。近隣国との交易なくして、どうしてこの島の未来が開かれよう。

バハン・倭寇という汚名を浴びせられながらも、近隣国との交易が何百年も続いたのはその現れである。

ところが、富江藩第六代の運龍様の時代になると、英明な運龍公は幕府高官として登用され、第十二代将軍徳川家斉の側衆や大番頭などに就任するなど旗本として異例の出世を遂げた。

この家斉の治世も天保の大飢饉により、幕府の財政は悪化し、諸藩は石高による藩政の維持は破綻寸前となった。大御所として絶大な権勢を誇った家斉が没すると、浜松藩主の水野忠邦が老中主座となり、いわゆる天保の改革に着手した。忠邦は大御所側近の林忠英、水野忠篤、美濃部茂育を罷免し、さらには勘定奉行田口加賀守、側衆の五島伊賀守運龍などを追放した。歴代藩主の中で最も栄達を極めた運龍公は在職中も国許の富江にたびたび帰国し、自ら藩政を主導し始めたのである。運龍公はこれまで密かに行われていた慣習を徹底的に否定し、大幅な藩政改革を行った。手始めに中老の玉浦類右衛門が家屋敷没収の上、黒島に流罪となり、そのほかにも中堅藩士の林・簗瀬・大野・大久保といった面々が閉門となった。これまで暗黙の内に行われてきた抜け荷に関わる人材の処分を断行したのである。文化五年（一八〇八）には藩政大改革を成し遂げ藩政を一新した。

抜け荷という危険であるが、うまみの有る取引から手を引く見返りに、運龍公は様々な殖産事業をこの辺鄙な土地にもたらしたのである。他所から多くの商人や工人を呼び寄せ大規模な製陶、製塩業を立ち上げ、農業においても大きな貯水堤を十一箇所造り、米の少ない領内の農業の収穫量を増やし、漁業においては紀州や長州から有力漁業家を招き、それまで個人単位の零細な漁民を大規模に組織化して大いに運上を上げたのである。今に残る田ノ江の皿山や小島の塩田さらには横ヶ倉の溜池などである。

こうしてたった一代で、運龍公は表高三千石の小さな藩であった富江を実収一万六百石の豊かさをもたらし、貧しかった藩の経済を劇的に転換したのであるが、いいことばかりではなかった。お前も知っているだろうが高野江三郎衛門という藩士は主命により大坂の鴻池から多額の借財をしたが、一時期その返済が滞ったので閉門・欠所となった。追放された高野江はその責任から鴻池家に仕えその子弟の教育を任された。

運龍公以来それまでの藩政の在り方が大きく変わり、藩主が直接藩政を主導するようになった。それ以来、この砦は打ち捨てられ、そして人々から忘れ去られたのである」

ここまで一気に語った亡霊武者は、しばらく遠くを見つめ感慨に耽っているように見えた。

「もはやお前にこれ以上語り伝えることはない。今日を限りにお前の前に現れることもない。できれば、これからもわれら一族の霊を弔って貰いたい。勘次よ。達者で暮らせ」

と言うと、別れを惜しむかのように黙って勘次を見つめていた。

「旦那様。ほんに有難う御座いました。何も知らん私を相手にさぞお骨折りでしたでしょう。まことに名残惜しい気がします。旦那様こそ達者でお暮らし下さい」

と勘次がまじめな顔つきで言うと、亡霊武者の厳しい顔がくずれ、大きな声で笑い出した。

「死んだ者に達者で暮らせとは何とも愉快だ。アッハハハ・・・」

勘次も自分でいったことのおかしさに気づき、一緒に笑い出した。

「こうして生きている者と死んだ者が笑い合えることがこれまであっただろうか。わしこそお前に感謝する。勘次よ。さらばだ」

といい残すと、亡霊武者は一瞬でまぶしい光になったかと思うと、すぐに小さな炎となって、城壁の廻りをぐるりと一周すると、静かに一族が眠る墓所の前で消えた。

宿願

嘉永三年（一八五〇）七月のお盆を数日前に控えたある日のことである。

勘次は富江の大蓮寺を目指して歩いていた。島の夏は猛烈に暑く、ジーッとしているだけで汗が滴り落ちてきた。もう和尚にお願いした墓石も出来上がっている頃だろうといろいろ考えながら歩いていた。

朝早く出かけたので朝五つ半（午前九時）前には大蓮寺の山門前に着いた。例のごとく、寺の小僧に和尚への取次ぎを頼んで、しばらく本堂の中で待っていると和尚が袈裟を着たまま忙しそうに入ってきた。

「勘次待っちょったぞ。お前の願いの墓石二基は五日前には出来上がり、先祖の墓所に建ててあるぞ。すぐに見てみるがよか」

と和尚は上機嫌で勘次にいった。

「ほんに勝手なお願いで、和尚様にはお手数ばおかけいたしました」

「堅い話は後でよか。さあ、勘次立て。いまからその墓ば見に行くぞ」

というなり、勘次の手をとって立ち上がらせた。

勘次の家の先祖の墓所は、現久山と呼ばれているこの寺の墓地の北はずれにあった。

「勘次ここだ。よく見てみるがよか」

和尚は、勘次家の墓所の前に立ち、嬉しそうに勘次を見ていた。そこにはこのあたりの百姓の墓と比較にならない立派な墓石二基が建っていた。

勘次はその新しい二基の墓石の前に佇み、しみじみと触りながら必死に「父っさん」「六貫目様」と何度もつぶやいていた。

向かって右側が父親の墓石で、その左隣にまったく同じ高さの六貫目様の墓石が建っていた。

父親の墓石には、正面に釈作治の墓と法名が刻まれ、その右横面には天保十三年七月五日没。俗名作治　享年四十九とあった。また、その左横面には孝子　勘次建立と刻まれていた。

同じように六貫目様の墓石にも、正面に釈六貫目の墓と刻まれ、右横面には天保十二年九月二十六日没。俗名　唐人六貫目とあり、さらに左横面には、縁者　勘次建立とあった。

勘次は二人の墓石の前にひざまずき、泣きながら必死に念仏を唱えていた。

「さあ、勘次もうよかじゃろ。昼から職人郷の御用大工頭増田作次郎と小頭の弁蔵さらには石工の久兵衛と村の若者数人を呼んでいる。皆でこの二人の追善法要を行う予定たい。それまで、本堂の中で休んでいたらよか」

と和尚は勘次にやさしく声を掛けた。

やがて勘次は、和尚のあとを追うようにして本堂に入った。

「ところで勘次。先日は思いもよらん銀六貫目もの大金を寄進して貰ったが、わしは今でもどがんしたものかと悩んでいる。そいで相談じゃが、こがんしてみたらどがんじゃろか」

と銀六貫目の使い道について相談を持ちかけた。

「見てん通り山門の横にある釣鐘堂が相当にいたんでおり、わしはかねがね近かうちに建て替えようと思っちょった。ついては、この費用の一部に充てさせて貰いたいのじゃ。なあに銀一貫目もあれば十分だ。また、このたびの墓石の費用だが、これは大してかかっておらん。この墓石の費用を含めて銀二貫目ば寺への寄進とさせて貰えんじゃろか。残りはお前の今後の渡世のために使って貰いたか思うのでお返ししたいのだが、如何じゃ」

黙って和尚の話を聞いていた勘次は、改まった顔つきで和尚の顔を見据えた。

「和尚様。いったんお寺に寄進した銭です。それをお寺のためにどがん使おうとかまいません。どうか何もいわず収めてください」

和尚はどうしたものかと困惑し、長い間思案していた。

「それでは勘次こうしたらどがんじゃ。寺が半分の銀三貫目を有難く頂戴し、残りの三貫目は藩庫に収めることにしたらどうじゃ。藩もここに来て異国船の防備とやらで何かと物入りと聞いている。お前も先祖代々の藩お抱えの船大工だった。ここで藩にご恩返しすることもよかことと思うが如何じゃ」

「和尚様。私には銭の使い道がよく分からんとです。どうか和尚様のご存念のままにしてくださらんですか」

と勘次が答えると、和尚は肩の荷がおりたのか、もとの柔らかな顔に戻った。

「それでは、いま言ったようにさせてもらうばい。それでよかな。さあ、もう昼刻も近い。ここで昼飯でも食べて、追善法要までゆっくりしていたらよかぞ」

というと庫裏に向かって席をたった。

その追善法要は、まことに立派なものだった。同席する者こそ職人郷の大工頭増田夫婦・小頭の弁蔵夫婦と石工の久兵衛だけであったが、豪華な袈裟に身を包んだ智昌和尚は小坊主を横に控えさせ、浄土真宗の阿弥陀経を延々と唱えていた。

和尚の長い経が終わると、出席者の一人一人が墓前に焼香し、勘次に父の思い出を語ってくれた。

やがて村の若者達が五～六人出て来て、この島に古くから伝わるお盆の念仏踊りであるオネオンデを舞うために集まってきた。頭に紙の兜のようなものを被って、顔面は布で覆い、肩から太鼓を胸の前にかけ、腰には刀を佩び袴の上からミノをつけ足元は裸足である。各々両手に太鼓を打つバチを持って墓石の周りにならんだ。

若者の一人が小さなバチで鉦をカーン・カーンと打つと、数人の踊り手は輪になって踊り始めた。

オーミデヨー
ナモオオーミデヨー
ヒョーネーオーミデヒヨイ
オーミデヨー
オーオーミデヨー

踊る動作は厳粛で、一挙手一投足に作法があり、すこぶる整然としている。その声は哀調を帯び、どこまでも鎮魂の響きがあった。

半刻（一時間）もすると全ての弔いが終わった。勘次は和尚をはじめ一人一人の参列者に心からのお礼の言葉と感謝の気持ちを伝えた。

夕方近くに晴れやかな気持ちで城跡に戻った勘次は、和尚から頂いた肥前屋の豪華な折詰弁当を食べた。何年も味わうことがなかった赤飯を食べながら自然と涙が零れ落ちた。

折詰を食べ終えると住まいとする石部屋に新しく作り直して祭ってある六貫目様の銭箱を持ち出して、海岸に出てそれを壊し始めた。そして、おもむろに火をつけて燃やした。勘次が唱える念仏の声とともに炎は天高く舞い上がり、六貫目様が昇天していくように見えた。

静かに目の前に広がる八幡瀬に目をやれば、いつも荒々しく牙をむいていた八幡瀬が真っ暗な海の中に静かに横たわっていた。そこには六貫目様の情念の炎はなく、ただの一塊の岩礁に過ぎなかった。

大蓮寺から貰ってきた父作治と六貫目様の位牌を石部屋の一角に安置すると、その位牌に向かって再び念仏を唱え始めた。

その鎮魂の声は石部屋を超えて、波の押し寄せる磯辺に静かにどこまでも広がっていった。

南国のこの島の秋は、空高くどこまでも透き通り、最もすごしやすい季節である。

勘次はその日早くから起きて山手村に出かけた。山手村は溶岩台地の広がる富江半島のなかにあって数少ない穀倉地帯である。

山すその道には山栗が口を開け、蔦の絡まる木々にはアケビが熟し、秋の気配を色濃くしていた。

田んぼのあぜ道には大粒の野イチゴがたわわに実を付けていた。久しぶりに甘いものにありつけた勘次は夢中で黄色く熟した大粒のイチゴを摘んだ。

勘次は、稲刈りが終わった頃を見はらって稲穂拾いに来たのである。富江藩は初代盛清公の遺言により、米に縁が薄い浜百姓の小島郷、さらには職人郷の職工達に田に立ち入り、百姓が刈り残した稲穂を拾うことを認めていた。

一合ほどの米を拾った勘次は、その帰り道に久しぶりに近くの黒瀬村の久太夫を訪ねたが、生憎漁に出て不在だった。漁村特有の密集した家が立ち並ぶ中に久太夫の小さな家があった。勘次は手土産に持ってきた小さな手桶をその家の前に置いて、静かに立ち去り、天保村を抜け、山下村を目指して歩き出した。岩蔵を訪ねようと思い立ったのである。

日暮れも近い時刻であったため、岩蔵は家に戻っていた。

「勘次ね、久しかね。たっしゃかいな」

岩蔵は軍事調練のためか、真っ黒に日焼けした顔でニコニコしながら迎えた。

「お陰さまで体の調子もよく、元気で暮しています」

「ところで勘次。ちょっと町の噂で聞いたんじゃけど、お前さん、大変な親孝行ばしなさったとか。町中の噂たい」

「おいは何もしとらん。ただ親父の墓石を建てて、ちょっとばかりの法要ばしただけたい」

と勘次はムッとした声で答えた。

「いや、いや、大蓮寺にも大層な寄進して、藩庫にも多額の銭を納めたと聞いたが」

「おいは、見てのとおり、村々を廻って僅かな物貰いによって暮らしを立てている身の上、とてもそげん大それたことはできんよ。ただ、少しばかりの銭を父親が残してくれたもんで、その銭といままでの僅かばかりの稼ぎをたして、墓の整理ばしただけたい」

勘治はそれ以上このことについて触れられるのが嫌で黙っていた。

「まあ、いずれにしてもよかこっばしなさったもんだ。ほんにお前という奴はよか男たい」

というと、岩蔵は框から立ち上がり、小さな流しにある戸棚を開け、五合徳利とカンコロ餅を持ってきて、勘次に渡した。

「こん酒ば親父様の仏前に供えてくれ。おいのささやかな気持ちたい。カンコロ餅はこの時期珍しかろう。焼いて食わんね」

数少ない友人である岩蔵の行為を有難く頂戴した勘次は、何度も深々と頭を下げて岩蔵の家を出て、城跡に向けてとぼとぼと海岸沿いの道を寂しく帰っていった。

富江騒動

城跡にひたすら籠もる勘次であったが、歳月は容赦なく過ぎて行った。

すでに四十半ばを過ぎ、頭には白いものが目立つようになった。

勘次は父親と六貫目様の命日に富江の町に出て、大蓮寺の和尚と話すこと以外は城跡に籠もり、余り村人との接触をしなくなっていた。

それでも世の中の慌しい変化は、勘次の耳にも届いていた。

徳川の世が終わって、明治という新しい時代となり、武士も百姓も同じ身分になったと何処かで聞かされた。

その日は、父親の命日で久しぶりに大蓮寺に赴いたところ、境内に多くの百姓が集まり、大変な騒動となっていた。頭から手ぬぐいを頬被りし、各々手には鎌や竹やりを持ち、村々の代表と思われる人の話を血走った眼差しで聞いていた。

そのうち、熱狂した百姓衆の間から口々に、

「福江ば討て」
「社人供の家ば打ち倒せ」
といった興奮した声が境内にこだました。手拭いで顔を覆い、ドンザを着込んで手には竹やりを持っていた。その中には黒瀬村の久太夫や山下村の岩蔵もいたが、異常に興奮しており、とても声をかけられるような雰囲気ではなかった。勢いづいた百姓衆は各々村のリーダーに率いられ、富江の町中を練り歩いたのである。辻つじに番小屋を建て、夜も松明を掲げるという大変な騒動となった。

勘次が目にしたのは、藩の存亡に関わる大騒動だった。犯罪すらめったに起こらない小さな町の富江が、これまで経験したこともない騒動に発展していた。

「福江に騙し取られた」
「二百年の恩顧を忘れるな」
百姓衆の怒りは、弱腰の国家老や上士である侍衆の対応に我慢できなくなり、その不満の矛先は福江本家や朝命を遵守しようとする富江神社の社人達に向けられた。

富江藩は明治三年（一八七〇）の正月には藩主自ら廃藩の宣言を行って、残された家臣はすべからず帰農商願いを出して、士族身分を返上したのである。

廃藩に至る過程は複雑で、いわゆる富江騒動といわれる騒動が長く続いた。

もともと、富江藩は福江藩（五島藩ともいう）の分家として明暦元年（一六五五）に立藩した。

旗本として分知以来幕府から遇されていたことと、現藩主盛朗が奥羽列藩同盟に加担した奥州植田藩主溝口直影（旗本禄高五千石）の弟を養子として迎えていたため、幕末の動乱期には当然のように佐幕派として見られていた。これに対して、本家である福江藩は時流に乗り、文久三年（一八六三）三月には、すばやく勤皇の誓紙を出していたため富江藩は微妙な立場に立たされていた。

既に大政奉還が行われ、徳川幕府は瓦解し、将軍慶喜は上野の寛永寺に恭順して謹慎していた慶応四年（一八六八）三月十五日の早朝、遅ればせながら藩論を勤皇に一本化した富江主従は、薩長の官軍で溢れる江戸の町を殿様の家族、江戸詰藩士その他足軽衆まで取るものもとらずに五十人全員が永田馬場の上屋敷を引き払い、急ぎ品川沖を目指した。

この日は官軍による江戸城総攻撃の日と予定されていたが、総攻撃の前日に幕臣勝麟太郎と官軍参謀西郷吉之助との会談により、急遽中止とされたため、江戸の町は大混乱に陥っていた。

やっとのことでかねて手配の和船二艘に乗り込み、海路大坂を目指したのである。

大坂の天保山に上陸した富江主従は、とりあえず阿波座にある富江藩蔵屋敷に入った。

何としても天機を報じようと待機していると、四月二十一日には上洛せよとの命がくだり、京都の国生寺に入った。すぐに着京の届出を弁事役所に提出したところ、五月十五日にはめでたくこれまでの三千石の旧領がそのまま安堵されたのである。

このまま京に留まり、越後への進軍を願い出ると、遠方のためということで帰国が許された。

京都での初期の目的もつつがなく果たし、七月三日には帰国の準備も全て完了し、いざ出発としようとしていたところに、突然非蔵人口から家臣の呼び出しがあった。

そこで公務方の野村平八を差し向けたところ、議定大原左馬頭から、今後は富江藩には蔵米三千石を支給し、領地は本家五島飛騨守の支配とするので左様心得よとの驚天動地の命が下ったのである。この朝命に君臣一同は驚愕し、富江藩は藩存亡の危機に瀕し、言語に絶する事態に陥った。

君臣一同に会し、今後の対応を協議したところ、蔵米三千石では、家臣二百名の家来をとうてい養っていくことができないため、藩を挙げての復領嘆願を行うことに決した。

しかし、西国の一小藩である富江藩は、京都に寄るべく知り合いもなく、善後策を講じるにもただただ迷走するだけだった。僅かに用人平田亮平が、若いころ学んだ儒学者池内大学を知っている程度だった。この縁を辿っていったところ、大学の門人であった町医者の小林春斎を以前亮平が面したことがあり、その線から要路に陳情しようということになった。

こうして藩を挙げての復領嘆願活動が行われることになった。

亮兵は小林春斎を烏丸の自宅に訪ねると一気に主家の危機について申し立てた。

「この度、君家の大事と申すは、昨日かくの如き達しがあり、われ君命に至るにあらず君側にあって一日たりとも黙難しがたし。これにより要路の門に出て陳情せん。請うその人を選び、祖我意を告げよ。そもそもわが主家の先福江に出るとはいえ、二百年前五島一万五千石を公命を以って三千石の封を賜った。以来、少しも彼の扶助を受けず一藩をなし、八代二百余年を以って不平をもらす者なく、異国船方在役に至っては未だ一豪も国体を汚すことなく、大政復古を聞き江戸の危地を抜き、福江の主未だ上京なき数ヵ月前には着京した。よって、五月十五日には本領安堵の御朱印を賜り、今かくの如し。臣下の情宣黙するに忍びず、然れども主君において公然と訴願をなし、万一違勅の咎に触れんことを恐れて寝食を忘れている。あるいは恐れる過激の輩が福江の陰謀を察し、暴挙あらんことを」

春斎は大いに驚き、

「朝敵さえ赦される今の時勢、いわんや無実の人をや。周旋については当を得ている。心配することはあるまじ」

と励まされた。

早速、春斎から紹介された議定中御門大納言経之卿に主家の窮状を訴え、併せてその日のうちに議定岩倉具視・大原少将に同じような陳情を行い、太政官の主だったメンバーにも富江藩の立場を陳述したのである。

一方、前々から富江藩の吸収を企てていた福江藩は、この度の悲願達成により、藩主五島盛徳が早速上京し、白浜久太夫・藤原平馬・大田秋之助などの重臣を集め、首尾成就のお礼につき協議していた。

その対象者は次のような者達だった。

岩倉具視（公家）
大原左馬頭（公家）
岩下佐治右衛門（薩摩藩家老）
島津主殿（薩摩藩家老）
本田杢兵衛（薩摩藩士）
門脇小造（鳥取藩士）
生駒左京太夫（高松藩士）

以上七人の主だった者に、この度の富江藩吸収のお礼として三百両から百両までの金と目録を渡したのである。

いわば、富江藩は何も知らないうちに、福江藩の徹底した根回しと僅か二千両足らずの金による贈賄によって乗っ取られたのである。

こうして富江主従の京都での必死の復領嘆願も、福江方の周到な根回しにより、さしたる効果は得られなかったのである。

悲報は七月二十日には、国許の富江にももたらされた。この知らせは、あっという間に領内に広がり、その余りの悲報に士民大いに驚き、一挙に福江方への不満となって現れた。

「郷村帳ば福江方に渡すな」

「福江ば討て」

と大騒動となった。

武社神社の神官であった七代月川日向は、この日の出来事を自らの日記に次のように記している。

慶応四年七月二十日、この日御屋形（当時は陣屋のことをこのように呼んでいた）から呼び出しを受け、次のような達しを受けた。

「この度、これまでの三千石は、本家福江の御方様渡しに相成り、御蔵前にて三千石御渡しに成され候様、仰せつけられ、まず、御受けなされ候趣申し来たり。ついては、今日より、二夜三日祈祷開白執行すること」と寺社奉行宮崎弘見より命じられた。

いわゆる七月三日の太政官布告による富江藩領地没収の知らせが、国許に届き急遽右の達しとなったのである。

この時の驚きを日向は次のように書き記した。

「誠に案外のこと。御一統、闇夜に明かりなきさま。ただ唖然と致し罷りあり」と記し、その余りの悲報にただ唖然として、発する言葉もないような有様だった。

翌日も、再度御屋形から呼び出され、早速出向くと、家老今利与三兵衛、今利大之進、中老松園弥太夫、用人、目付列席の中で、次のように言い渡された。

「この度、殿様御儀、これまでの知行三千石は、御本家福江様へ御差し返しに相成り、蔵前にて三千石仰せ付けられ候段、御受け済まされ候趣、お知らせこれあり候に付、御知行は、福江の御方へ御渡し成され候間、左様相心得られよ」と改めて申し渡された。

この時の富江領民の状況を日向は次のように伝えている。

「誠に御領内一統、只唖然とのみ致し、寝食を忘れまかりあり候」とその驚きを書き残している。

七月二十六日には早速、福江家老貞方四郎兵衛以下大勢の者が御屋形に乗り込み、水帳他を引き渡す事態となった。押役梁瀬隼太、町奉行松園嘉平、川口番所代官牟田又吉を富江支配の責任者として送り込み、名実ともにその直接支配を開始したのである。

「誠に今日は如何なる悪日にて候。一統悲嘆にくれる」と福江方の付入る隙を与えない電光石火の早業に、富江領民はなすすべもなかった。

福江支配の手始めに、大庄屋楠本覚四郎、庄司儀七郎はその場で解職されたものの、何故か武社宮をはじめとした神職の者には破格の優遇措置が取られたのである。

これまでの一人扶持から二人扶持へと待遇が改められ、従来の一本差しから毎日大小（二本差し）にて勤めるよう士分としての処遇を受けたのである。

この社人優遇の底意は、明治新政府の神道崇拝の方針を受けて、社人身分の者は別格の扱いとし、一方では富江支配をスムーズに行うための協力者として領民の人心の分断を図る意図もあったものと思われる。

それに符丁を合わせるように出された神仏分離の勅令は、これまでの神仏混合の慣習を否定し、「神道と仏教」「神と仏」「神社と寺院」の区別をせよとの事であった。これにより、氏神として厚い信仰と尊敬を受けていた藩社の武社神社（後の富江神社）から、ご本尊の毘沙門天の仏像が妙泉寺に移されると、これまで何の疑いも抱かずにひたすら崇拝してきた領民は武社神社を仏のいない虚宮とみなし、その不満は富江藩領地没収の措置と相まって一気に沸騰し、噴出したのである。

明治元年九月二十一日（九月八日に慶応から明治に改元）には、京都から玉浦類右衛門、平田亮平などの有力藩士が帰国し、先の復領嘆願書が却下されたことが伝えられると、領内はあまりの事に一気に沸騰したのである。

いわゆる富江騒動と呼ばれる一揆騒動はこのあたりから本格的に始まった。

それは、富江藩二百年余の歴史を揺るがす大事件となっていった。

勘次が大蓮寺で見た百姓衆の緊迫した動きは、まさに富江領地没収の直後であり、その騒動は富江のみならず、五島一円に及んだ。上五島の魚の目領でも激しい福江納石反対の動きは一揆騒動となって現れた。

富江藩は歴代暗愚の領主は少なく、どちらかと言えば名君に近い領主が系統している。この時期の富江藩は表高三千石ながら内高は一万六百余石、浦々から上がる運上金（税金等）千六百両と最盛期を迎えていた。運上金四百両を千石と見積もるとおおよそ一万五千石となり、財政的には本家を凌いでいた。

領内経営に当たっても、新地開墾が進み、他国から積極的に漁業経営者や商工業者などを招きいれ、旧来の漁法を改良し、塩田や製陶業などの新たな産業を起こした。大いに面目を一新していた。人口も増え続け、幕末のこの頃は一万八千人余に達していた。

一方の本家である福江藩は、表高一万二千五百石と富江の四倍強であったが、打ち続く天災と福江城の築城費用などが積み重なり、この時機には借財二万両余を抱えて行き詰っていた。総人口も二万九千人ほどで停滞し、そのため藩士の窮乏を救うため三年奉公という農家の娘を無給で三年間武家へ奉公させる制度を設けて、過酷な藩政を強いていた。

福江藩は、この富江藩の財政の豊かさに目をつけ、付け込んだのである。

京都での必死の復領嘆願を通じて分かったことは、この度の領地没収の沙汰が薩摩藩をはじめとした有力勤皇諸藩に取り入り、さらには公家の上層部を巻き込んだ謀略であることが判明したのである。

横領同然に領地を奪われた富江藩は、京都嘆願組を中心に「福江を討て」と激を飛ばし、一発即発の危険な状況に到った。しかし、その中心は国許の武士よりも、これまで二百年の恩顧に報いたいとする領民達だった。

富江での騒動は中央にも聞こえ、明治元年十一月二十六日には長崎府裁判所の井上聞多（後の井上馨）が来島し、直接鎮撫に当った。井上は富江の立場に理解をしめしたものの、ことは薩摩を巻き込んだ陰謀であるため、ひたすら恭順を説いて廻ったのである。

さらに、明治二年二月六日には、明治新政府の監察使渡辺昇（大村藩士、後の子爵）が来島したため、富江方はこの明治新政府の高官に一縷の望みを託し、領民挙げて歓迎したものの、渡辺の対応は井上と違って極めて冷淡で高圧的であった。

これは既に奥羽平定も完了し、新政府の骨格も固まりつつあるこの時期、政府高官の立場はなはだ高圧的であったのと、渡辺個人の弾圧者としての面目躍如でもあった。明治新政府は渡辺の大村騒動や浦上キリシタン弾圧で発揮した辣腕を地方反乱の困難処理に利用したのである。

慶応四年七月三日の富江藩領地没収の布告から丸一年、富江主従は旧領を復領すべく、あらゆる手段を講じて嘆願につぐ嘆願を繰り返してきたが、明治二年（一八六九）七月になると突然太政官布告によって富江壱千石の復領が認められたのである。さらに吉報は続き、同年九月十四日には富江壱千石とは別に、北海道の後志国の内（現在の磯谷郡蘭越町を流れる尻別川の南側部分）にも知行地を与えられたのである。本家との領地争いに嫌気がさした富江主従は、家老の平田武兵衛等を現地に派遣し真剣に移住を考えたが、あまりの遠隔地ゆえ、翌年には返上した。しかし、時代のすさまじい変革は、こうした富江主従の思いを遥かに凌ぐ勢いで動いていた。

明治二年十二月二日には、太政官布告によって、これまで高家旗本の称号であった「中太夫」の位階が廃止され、中太夫身分の者は全て士族に組み込まれた。これにより藩主盛朗は、地方官直属（東京府）の一介の士族となり、禄高百二十石を支給される身分となった。

これでは、家臣二百名を養っていくことはとうていできないので、年明けの明治三年の正月には陣屋大書院に藩士一同を集めて、藩主自ら廃藩の宣言を行ったのである。

まさに富江藩の命運は尽きたのである。富江一千石の復領から僅かに五ヵ月、時代は一地方の思惑を超えて一気に廃藩置県へと動き出したのである。

初代盛清の分知以来二百十四年、藩主八代、家臣二百余名を数えたが、この日を一期として永久に富江藩は消滅した。

一方、旧富江領は、明治三年には福江県の支配を離れ、その年の五月十七日には長崎県の管轄となったものの、確かな行政権の執行もなく、役人の派遣も行われずその実態は旧富江藩支配のままだった。

領民の不満は、しだいに廃藩に乗じて明らかに福江方から優遇されていた社人達への不満となって現れてきた。

社人達にとっては、神道が国教となり、より神官が重んじられる時代の到来は、願ってもない事だったのである。さらに廃藩によって禄を失った侍にとっては、これまで何かと上位にあって差配していた神官が時代の風潮に乗り、うまく立ち回っているように見えたのである。この妬みにも似た複雑な感情は、無禄となった士族や百姓衆も同じだった。

北浜にある武社宮の鳥居前を通行するとき、領民であれば誰でも被っていた手拭いをとり一礼して通行する慣行も、今では一人として手拭いをとり敬意を払う者はいなくなった。月川神主をはじめとした社人にも、親戚縁者や友人知人から義絶の通知が相次ぎ、徹底して排除されたのである。

こうして藩社として厚い信仰によって守られてきた武社神社には、誰一人としてお参りする領民はいなくなった。

これと並行して藩がなくなり無禄となった士族の五十人余りが、臆面もなく福江藩に仕官願いを出して認められたのである。

明治三年十一月十五日には、これまでくすぶっていた士族や社人への領民の不満が一気に爆発し、ついに暴動となって現れた。

まず、武社神社の神官月川日向宅を引き倒したのをはじめとして、社人とその関係者の家々十一軒が引き倒されたのである。

また、福江藩に仕官願いを出した士族にも追及は及び、藩校の成章館で領民から厳しい糾問をうけた。

旧来からの士農工商の身分秩序はあっという間に崩壊した。

このことからいったん沈静化したと思われた騒動が再燃し、ますます混迷を深め、泥沼化していった。

そうしたなか上五島を中心に潜伏キリシタンが信仰の名乗りを上げたため、この小さな島も遅ればせながら幕末動乱の波に巻き込まれた。

旧士族への領民の反発、さらには領民と領民の利害の対立、領民と神官の相互不信といった複雑な感情が絡まり、やっと騒動が治まったのは長崎に拘置されていた社人打ちこわしの首謀者数人が釈放される明治九年のことだった。

「富江藩に士族に列する者なし」といわれ、全てを失った旧家臣の多くは生活の糧を求めて全国に四散していった。

また、福江の者からは「富江の者は、あばら骨が一本足りない」と揶揄されてきた。

長きにわたった富江騒動も、時間の経過とともに沈静化し互いの心理的な対立というしこりのみが残った。

そんな富江の町の変化を、勘次は冷ややかな目で傍観していた。

「争うだけ争えばよか」

「しょせん、人間の欲と欲のもつれあいじゃないか」

これまで自分や父を育んでくれた富江藩が時代の大きなうねりの中で、滅び去ることも城跡に引き籠る勘次にはもはや遠いところでの出来事でしかなかった。

河童

藩もなくなり、もはや身分を拘束する何物もなく、全てが自由になったはずであったが、勘次は城跡を動かなかった。来る日も来る日も磯に出て食料を探し、時間があれば桶や樽などを作り、夜は念仏に明け暮れる毎日であった。

人恋しくなれば数少ない友人である岩蔵や久太夫を訪ねて、たわいない昔話をして旧交を温めた。

明治八年（一八七五）の春まだ寒い夜だった。

いつものように石部屋の中で薄暗い行灯を点して大工仕事をしているときだった。妙にあたりの空気がざわめいていると感じた勘次は、桶づくり仕事の手を休め石部屋の外に出て石垣の上に登り、あたりを見渡した。

「キャッ、キャッ」

と猿の鳴くような声が遠くから聞こえてきた。こんな夜更けにおかしいと思った勘次はその声がする方向へ恐る恐る歩いていった。そこは城跡の奥まった堀の水溜りだった。しばらくして目が暗闇に慣れてくると、なにやら子供のような背格好の生き物が遊んでいた。今時分何だろうと様子を見ていると、その子供のような生き物は相撲をとって遊んでいる様だった。

「あれは何だろう。今時分、こんなところで子供が遊んでいる訳はないのに」

勘次はしばらく様子を伺っていたが、思い切ってその生き物に声を掛けた。

「あがだ（お前達）ここで何ばしちょっとか」

勘次が大きな声で声を掛けると、その小さな生き物達はすばやく堀の中に飛び込んでしまった。しばらくすると、先ほどの生き物より一回り大きな生き物が勘次の前に現れた。勘次はその余りに異様な生き物の姿に思わずしり込みして身構えた。

その姿は子供のように小さいが、この世のものとは思えない恐ろしい姿だった。

「これは勘次様。驚かせて申し訳ありません。私どもはこの堀に長い間住んでいる河童で御座います。先ほどの河童は私の子供達です」

さすがの勘次も驚きのあまり、しばらく声も出なかった。

「勘次様のことは、お城主の草野様からよく聞いています。勘次様を見守り、何かあったらお助けするようにときつく言いつけられています。それなのに夜分お騒がせしまして申し訳ありませんでした」

　とまるで人間と変わらない調子で話した。

「河童だと。本当にお前達は河童なのか。それと草野様とな。それではお前達は旦那様の家来なのか」

「はい。私どもは田尾水軍の一員で草野様の配下で御座います。この砦の沖に異国船が見えたら一番先に駆け出し、海に潜って船底を抜き、このあたりの浅瀬まで誘導するように命じられています」

「それで沖を行く船を沈没させ、バハンを働くわけだな」

　と勘次が言うと、その河童はそれ以上その話題には触れなかった。

「申し遅れましたが私は、皿太郎と草野様から名前を頂いています。何か御用がありましたら、この堀の前で皿太郎とお呼びください」

　というと皿太郎と名乗る河童は、すばやく堀の水溜りの中に入っていった。

　その夜は、また幻覚が現れておかしくなってしまったのではないかと思うとなかなか寝付けなかった。

　すでにこの城跡に住み着くようになって、三十年以上の歳月が流れていた。耐え難い孤独な長い月日は、知らず知らずに精神を病んで幻覚にさいなまれているかもしれない。とにかく明日の朝、もう一度皿太郎を呼んで確かめてみようと思いながら浅い眠りについた。

翌朝、さっそく皿太郎達が住む水溜まりに行き、皿太郎と名前を呼ぶと、いつの間にか皿太郎は大きな石の上に座っていた。

「勘次様。何かご用でしょうか」

勘次はその異様な姿に改めて驚いて、しばらく皿太郎を見つめていた。

「勘次様、余り私の目を見ないようにしてください。普通の人間は河童の目を見るとおかしくなります」

「いや、たいした用はなかばってん、どうも昨夜のことが気になって仕方がなかもんでの。もしかして、また気が触れてしまったのではないかと思ったもんで・・・」

「勘次様には何も変わりはありません。人間は誰でも私達を見たら驚きます。ただ、普通の人間は私達を見ると、しばらくしないうちに気が触れて死んでしまいます。どうか、ご心配なさらずに何でもお命じ下さい」

といったかと思うと皿太郎は消え去り、堀の水面が大きくわだちしていた。

余談になるが、五島は河童に関する伝承の多いところで、今日でもたまに古老から河童に遭遇したという話を聞くことがある。その名も『ガッパ』『ガータロー』などと呼ばれ親しまれている。この島の河童はいたるところに生息し、別段人に危害を加えるわけではないが、一度河童に出会うと気が抜けておかしくなり、やがて死ぬことが多いといわれている。

その身体的特徴は、身長が一メートル弱で、男の河童には頭の上に皿のようなものが付いているが、女の河童にはそのような物はなく、髪の毛は伸び放題でお尻の辺りまで垂れ下がっている。顔が大きく、その顔の真ん中に三角の高い鼻があり、口は大きく左右に裂けている。皮膚は皮を濡らしたようにぬるぬるしており、背中には甲羅が付いている。腹部は大きく前に張り出し、手足には水かきのようなものが付いているといわれている。

この島の河童は何よりも相撲が好きで、よく一人で山に分け入ると、突然に現れ相撲をせがまれたりする。河童との相撲ではまず先に腕をつかみ、それを引っ張りぬけば、その腕を返して欲しいために人に従属するようになると言い伝えられている。

数日の後、またしても勘次は皿太郎を呼び出した。

「皿太郎。ちょっとお前に相談に乗って欲しかことがあって呼んだのだ」

と勘次が言うと、皿太郎は例の大石の上に座って黙って聞いていた。

「実は、この草野様のお城も見ての通り長い年月と風雪によって荒れ放題となっている。

わしは旦那様のお陰で生きる望みを得た。いわばわしの恩人である。人として足りることを知らず、我欲のまま生きて、挙句は富江の町からも追われた救いようのない人間たい。ここに住みつくようになってから旦那様の死霊に導かれ、多くのことば学んだ。

ここ数年来いつも思うことは、この荒城ば旦那様が生きていた時のような立派なお城にできないものかと考えていた。

そんことが旦那様への何よりのご恩返しになると思っちょる。そして、わしのささやかな生きる支えにもなると思った。

その思いから数年前からちょっとずつ崩れた石垣を積み上げてきたが、いまのわしは年老いて少しも進まん。そいで相談じゃが、できればお前の配下の河童供ば呼び集め、この崩れた石垣ば元のように積み直して貰いたかのだ」

と勘次が用件を伝えると、皿太郎はキリリと威儀を正した。

「勘次様。承知仕り候」

と古めかしい侍言葉で答えた。

その夜から何処からか集まってきたのか数十匹の河童が、なにやら盛んに声を掛けながら、何処からとなく石を運んできては、石垣を積み上げていた。全体の指揮を執っているのは、もちろん皿太郎である。石垣の一番高いところに立ち、頭には大きなフキの葉をのせて、右手には短い棒きれを持って、なにやら訳の分からない声を上げて指図しているのである。

子供の河童は小さな小石を運び、大人の河童は背負子で大きな石を運び、次から次に石垣を積み上げていた。淀んでいた堀の水も繰り返し潜ってきれいに掃除して見違えるようになった。

不思議なことにこうした作業はもっぱら夜更けから明け方にかけて行われた。

勘次は河童達がやり残した石積みを日中は一人で黙々と続けた。

勘次は無性にうれしかった。

石をひとつまたひとつと積み上げるたびに旦那様の顔が浮かんだ。

勘次と河童達の不思議な共同作業も一ヵ月もすると見違えるような高さ一丈五尺（約四・五メートル）の石垣が積みあがっていた。

石垣を覆っていた蔦もきれいに取り払われ、屋根がないことを除いては、築城当時の姿を取り戻していた。

勘次は皿太郎にお礼として一升の酒を送った。

その夜は明け方まで皿太郎の住む池のあたりから訳のわからない歌い声と笑い声が城跡にこだましていた。

城跡の海岸沿いにある水飲み場にチョッパゲという、大きな瓢箪を乾燥させて真ん中で二つに割った水汲み道具が置いてあった。水を飲むとき使用したり、桶に水を貯めるときなどに使った。石垣を作っている最中は、河童供はこのチョッパゲを異常に恐れている様子で絶対に近づこうとしなかった。

ある日のこと、そのチョッパゲを持って、いつものように裏の墓地で念仏をあげた後、何気なくそのチョッパゲで堀の水を汲み上げて墓に手向けたところ、急に堀の水が泡立ち、河童の子供達が飛び出し、恐怖に震えていた。

「お前達はこのチョッパゲが恐ろしいかとか」

と勘次が聞くと、一匹の河童が勘次の前に恐る恐る膝まずき、

「もう二度とチョッパゲを近づけないで下さい。私どもはそのチョッパゲに少しでも触ると生きていけません」

とその河童は懇願した。

翌日の朝、勘次は河童達の住む堀端に行き、皿太郎を呼び出した。

「何かご用でしょうか」

と皿太郎はいつもの大石の上にかしこまり応えた。

「何、たいしたことではなかばってん、昨日お前の子供達を怖がらせてしまったので、訳

を知りたいと思ってな。何でそげんチョッパゲが恐ろしかとか」

「私供は、ここに住み着く以前は深江の大円寺前の大淵に住んでいました。あるとき、川の上流からチョッパゲがプカプカと流れてきました。河童供はそのチョッパゲを川の中に引きずり込もうと必死になっていたが、何度やってもチョッパゲはひとりでに浮かび上がります。そんなことを繰り返しているうちに疲れ果ててしまい、挙句には死んでしまうものも出ました。それ以来、このチョッパゲが怖くて堪らないのです。そんな時、たまたま大円寺前を通りかかった草野様がその恐ろしいチョッパゲを取り除いてくれたのです。そのときから、草野様が住むこの城の堀に住むことを許されたのです」

「それはすまんかった。あのチョッパゲは焼き捨てることにするばい。子供達にすまんかったと伝えてくれ」

と勘次がいうと、皿太郎は小さな手を叩いて大喜びした。


城跡の修復も一通り済んだことから、勘次は久しぶりに山下村を目指して出かけた。

「桶や樽の修繕はなかかなー」

「新しか手桶や枡はいらんかなー」

いつものように背に大きな籠を背負った勘次は、村の一軒一軒を訪ねて歩くが何処でも適当にあしらわれ、相手にされなかった。

すでに五十の坂を超え、衰えは隠しようもなかった。

目は濁り、歯は抜け落ちていた。

短く刈り込んだ頭は真っ白で、顔には幾筋もの深い皺が刻まれていた。

どこかで貰ったであろう着物も垢と汗ですっかり色あせ、異様な悪臭を放っていた。

トボトボと番所山に通じる道を歩いていると、後ろから声を掛けられた。

「勘次じゃなかね。どがんしちょったのか。元気かね」

振り返って見ると、岩蔵が野良着のまま立っていた。

「お蔭さんで、達者に暮しています」

と勘次は愛想良く応えた。

「ちょっと寄っていかんね」

二人は岩蔵の家のある方向を目指して歩き出した。

「あがん（お前）住んでいるところは、山崎の海辺の石垣の中じゃろが。この辺の土地の者は勘次ヶ城と呼んでいるばい」

勘次が黙っていると、なおも岩蔵は話しかけて来た。

「あそこは昔から恐ろしかとこと聞いておるばい。こん村の人は誰もあそこには近づかんばい。あれは城跡かなんかじゃろが。何であんな恐ろしか所に住んでいるんか」

勘次は何も応えず、暫く黙っていたが、やがておもむろに言った。

「あれは俺の城たい。俺がこのあたりの河童達と一緒に造った城たい」

岩蔵は余りに突拍子のない勘次の言葉に唖然とした表情になった。

「へえー、河童と一緒に造ったんかいな。それにしては大層な仕掛けということじゃが。本当に河童と造ったんかいな」

勘次は黙っているばかりで何も言わなかった。

「河童は化物じゃろが。人に禍をもたらす妖怪だろが。お前の言うことはおかしかぞ」

勘次は悲しかった。これまで何かと親切に接してくれた岩蔵が急によそよそしくなり、遠い存在に見えた。

「俺にも河童とやらに一回ぐらい会わせてくれんね」

これまでの岩蔵と違って変に絡んで、小馬鹿にしているような態度だった。

勘次は黙って頭を下げると、早足で城跡に向かって帰って行った。

【閑話休題】

何時ごろから「勘次ヶ城」と呼ばれているかは定かでないが、武社神社（今の富江神社）の六代目神主であった月川日向が天保三年（一八三二）から明治十八年（一八八五）までの五十三年にわたる日記を残している。

その日記の、弘化二年（一八四五）四月二十二日付けの中に勘次ヶ城との固有名詞が記載された記述がある。

日向はこの日、集月寺の和右衛門と井穴（溶岩洞窟）見物のついでに勘次ヶ城ととどの崎の台場に足を伸ばしている。その時の感想を歌人である日向は次のように詠んでいる。

勘次ヶ城にて愚詠

鬼神の加勢で出来し渚城
あわれ来よがしもろこしの船

ここで注目されるのは、日向が何気なしに詠んでいる「もろこしの船」という言葉である。この石塁跡がバハン稼ぎの場所であったことを伝承として伝えている。

さらに、八月五日の日記にも勘次ヶ城の記載が見える。

「同日、殿様とどの崎台場へ御出遊され候趣、しかも勘次ヶ城へも御出、福手石御番所へも御上りなされ候由。しかも御道すがら雉懸け、御覧遊ばされ候趣」

それによると第七代藩主五島盛貫が入部して、坪集落にあるとどの崎砲台を視察したついでに勘次ヶ城に立ち寄ったと記載されている。したがって、本書の主人公が城跡に住み着いて間もないころにはすでに勘次ヶ城と一般には呼ばれていたことが分かる。

いずれにしても、これまでだれの目にも触れず、歴史の闇に埋もれていた石塁跡が、狂人勘次が住み着いたことにより、広くその存在が知れ渡ったことが分かる。

勘次の死

月日の流れるのは早く、いつのまに勘次も還暦を過ぎ、顔には深い皺が刻まれ、髪は雪を覆ったように白くなり、背中も曲がり、棒切れを杖代わりにしてふらふらと歩く姿はこれまでの長い孤独な年月を物語っていた。

その日は父親の命日で久しぶりに、大蓮寺を訪ねようと歩き出した。足元の畑には麦が黄色く色づき、穂が首をもたげていた。ところどころに百姓が鎌を手に忙しく働いていた。十五年ほど前の騒動はいったい何だったのか。狂ったように熱狂し、五島の島全体を揺り動かした百姓衆の熱気は何処に行ってしまったのか。野良に精出す百姓の顔からはあの騒動の気負いは何処にも感じることはできなかった。

忌まわしい思い出の残る正念坊河の近くを通ると、自然に両手を合わせ念仏を口ずさんでいた。もう六貫目の亡霊に悩まされることもなかった。ただこの手で打ち殺した六貫目の無念を思うと、忘れようにも忘れられない自責の念にさいなまれることが長く続いた。

勘次にできることは、ひたすら六貫目の菩提を弔い、その贖罪のために合掌し念仏を手向けることしかなかった。

富江の町はここ数年ですっかり変わっていた。

立派な軒並みが連坦していた上の町の家中屋敷は住む人も少なく、いたるところ夏草が生い茂り荒果てていた。

住んでいる人もかつての家中侍は少なく、新たに力をつけた商人に取って代わられていた。

その中で大手道のガジュマルの大木だけが昔のまま静かに町の移り変わりを見ていた。

元筆頭家老の今利様の広大な屋敷も戸長役所に生まれ変わり、その戸長も旧藩の下級侍が務めていた。変わらないのは、戸長役所の建物を支える石積みと敷地に生い茂る楠や椎の大木だけが、かつて山の中といわれた広大な家老屋敷の面影を伝えていた。

領民を威圧し、威風を放っていた朱塗りの大手門も跡形もなく取り払われ、近くにできた小学校の校門になっていた。また、一万坪をゆうに超える土地に建てられた陣屋御殿の甍も数多くの足軽長屋もすっかり解体され、土地は民間に払い下げられたため、今は一面の芋畑になっていた。

ここが富江藩の政庁跡と思わせるものは何もなかった。唯一残された年貢米の貯蔵庫である巨大な石蔵が屋根を取り除かれた無残な姿で忽然と建っていた。

紋付に裃をつけ、両刀を手挟んで威風堂々と闊歩して、領民の上にいて何かにつけて威圧していた侍衆の姿は何処にも見られなかった。

旧士族の多くは新たに出来た小学校の教員や戸長役所の職員として奉職したのである。殿様さえも元家臣の家に間借りしていると聞き、勘次にはその余りの世の中の変化が理解できなかった。

あれほど領民から尊崇された武社宮も今は富江神社と名前を変えているが、神仏分離令により、御神仏である毘沙門天が妙泉寺に移されると誰一人見向きされなくなっていた。社人と領民のわだかまりはいまだ解消されず、根強い相互不信に覆われていた。

勘次は、人の気持ちの移ろいやすさに複雑な思いを持った。

一方、港に近い町屋では珊瑚景気に湧きかえり、漁師達の異常な活気に満ち溢れていた。

富江で珊瑚採りが始まったのは、明治七年のことである。土佐の福島喜三郎という漁師が富江に来て、珊瑚曳きを始めたのがその始まりである。

喜三郎は珊瑚採りそのものには失敗したが、土佐に引き上げるに際して一緒に働いた富江の漁師仲間に珊瑚曳き網一式を渡し、「必ず成功するから、あきらめないで続けて欲しい」と言い残した。

それから数ヵ月後には、一貫二百匁（約四・五キログラム）の赤珊瑚が引き上げられた。それを大阪に持って行き売却したところ、往復の旅費どころか仲間への分け前も大きかった。

こうして噂は噂を呼びたちまち富江の町は珊瑚曳きのブームが起こった。明治十九年四月のある日のことである。大分県の鱶釣り漁師橋本権太郎は五島沖に来て鱶網漁をしていたところ、偶然にも四貫七百匁（約十七・六キログラム）の大きな赤珊瑚を引き上げた。これを富江の岩野豊次が預かり、神戸の問屋に持ち込んだところ大変な利益を得たのである。そのときの価格は百匁（約三百七十五グラム）三十二円の相場で都合千五百八円であった。現在の価格からすると二〜三千万円であろう。

評判を聞いた地元の漁師達はわれもわれもと珊瑚船を繰り出したため、富江の町は俄かに活況を呈してきた。それからというもの高知・鹿児島・宮崎さらには県内各地から幾多の漁師が富江に集まり、港は三〜四百隻もの珊瑚船で埋め尽くされた。

町には様々な土地から商人や女が入り込み、昼間から三味の音が聞こえるような好景気となった。

遠くイタリアから来た珊瑚買い付け業者マッサが店を構えた下の町一帯は、あっという間に多くの遊郭が置かれ、昼も夜もない歓楽街に生まれ変わった。

廃藩により、寂れる一方だった富江の町が一夜にして活況を呈したのである。

勘次は余りの町の変化に途惑った。

つい十五年前までは、二本ざしの侍が紋付はかまに威儀を正して歩いていたこの小さな町が、いまや締め込みをした半裸体の漁師が大手を振って闊歩しているのである。

薄汚れた身なりの勘次には、今の富江の町が遠い世界の出来事のように感じられた。

それ以来、勘次は城跡に引き籠るようになり、町に出かけることもなくなった。体もすっかり弱くなり、老いは日に日に迫ってきた。

明治二十年の夏を過ぎると、立ち上がることも億劫になり、終日寝込むことが多くなった。

思い出すことは、若いころの無分別と短慮だった。

ひょっとした偶然から難破して瀕死の唐人を見つけたものの、その唐人の持っていた船箪笥に心奪われ、挙句には親子で打ち殺して、その船箪笥を奪った。

薄汚い欲望から取返しもできない過ちを犯した。

それは作治と勘次親子を苦しめ、悔いても悔いても取り返すことができない痛恨の極みだった。

「何という人生か」

と煩悶しながらも、すぐに「これでよかったのだ」と自問自答した。

そのまま富江で船大工としてやり直したとしても、決して富江の人は許してくれなかっただろう。そしてまともな人生はなかったであろうと思った。

ひたすら六貫目様や父親の菩提をとむらい、人として謙虚に自らを省みて、あらゆる物欲や欲望を絶ったここでの長い長い生活が限りなく尊い時間に思えた。

勘次は毎晩のように不思議な夢を見るようになった。

この城跡に人が満ち溢れ、多くの荒武者が忙しく動き回っていた。荒果てた城跡しか知らない勘次は、余りの立派な城の偉容に驚いた。建物の屋根は萱で覆われ、その茅葺の上には枕ぐらいの自然石が無数に置かれ、外部からその姿が分かりにくくなっていた。城の全面の石垣は二重に作られ南北に延々と続いていた。水飲み場の横が出入口になっており、木組みの城門があった。城門の前から二間ほどの石敷きの道が真っすぐ海岸まで続いていた。

忙しく働く武者達の身なりは、髪を大きく剃り上げて一応に後ろで束ね、腹に胴丸をつけ、背には刀をたすきに吊るし、下半身は締め込みひとつで、足には戦草鞋を履いていた。大きな長い槍を持つ者もあれば、弓矢を脇に抱えている者もいる。田尾水軍の精鋭である。

数艘の関船が八幡瀬の近くにある船溜まりに集まっている。多くの足軽が城門から米俵や様々な食糧さらには大きな水甕をその待機している船に積み込んでいた。

それを鎧の上に陣羽織を羽織った堂々とした武者姿の草野様が高い物見台の上から大声でいちいち下知し差配していた。

草野様の傍らには皿太郎の勇ましい姿もあった。

勘次は大声で物見台の上に立つ草野様に呼びかけた。

「旦那様ー」

「草野様ー」

「勘次でございますー」

「皿太郎ー。皿太郎ー」

と勘次が何度大声で叫んでも、草野様からも皿太郎からは何の返答もなかった。

そのうち、砦の前の海には、二本の大きな帆柱を立て、側面を分厚い板で覆い、二層の櫓を備えた大きな船が現れた。舳先から艫（船尾）までの長さが十五間（約二十七メートル）もあるシナ風の戦船である。その大船の周りには一回り小型の関船数隻が船団を組んでいる。

草野様に率いられた一団は、見ている間に船溜まりの船に乗り込み、その船団に合流した。

その船団の舳先には、おのおの八幡大菩薩と墨痕豊かに書かれた旗が大きくたなびいていた。

「バハン船だ。草野様のバハン船だ」

「おいも一緒に連れて行ってくれー」

と叫んだところでいつも目が覚めるのである。

それから幾日かが過ぎたある日のことである。

石窓から差し込む秋の優しい日差しを感じた勘次は久しぶりに寝床から起き上がり、石垣の上から静かに海を見つめていた。目の前には三丁ばかり離れた八幡瀬が干潮の中に浮かび上がっていた。

思えば勘次の人生の過半はこの八幡瀬とともにあった。

勘次は静かに目を閉じた。

そこには明るい陽光に照らされ、髪の乱れも服の乱れもない穏やかな六貫目の姿があった。

「六貫目様ー　六貫目様ー」

いつの間にか勘次は夢中でその名を叫んでいた
しかし、いくら叫んでも六貫目からは何の言葉もなく、黙ってこちらを見つめているだけだった。

六貫目の姿がしだいしだいに消えていくと、やがて無限の闇が広がっていった。

勘次は誰からも看取られることなく静かに息絶えた。

長い長い贖罪の月日が終わった。

消えていく意識の中で勘次は、子供のころから聞いていた女島踊りの歌がはっきりと聞こえてきた。そこは富江川口番所前の広場で多くの人達が楽しそうに集まっていた。

その中に数人の子供達が白鉢巻きをして、赤いたすきを掛け結びして長くたらし、腰に袴をはいて脚絆にし、足元は草鞋履きである。薙刀を手に互いに向かいあいながら歌い踊っていた。

こばこえて　こぞがなこちに　こちやのこばまわるこちやこよ　しょうばんは
まだよはあけんか　へけへけと　ころせころせよ　こちやのこで
あのやまの　さんごくみやまの　つつじのはなは　ふたえだあたり
ひとえだは　しやかにまいらす　ふたえだは　わがみのため
ねておきて　ろをふりあげや　しまがおきにさばつりに
さばはつかずに　いそべのじょろのめについた

勘次がいつ死んだかは誰も知らなかった。

山手村の古老の言葉として、明治二十年頃に実際に勘次を見たとの伝説が伝わるのみである。そのときの勘次は既に六十を越したような老人に見えたとのことである。

勘次は行く先々の村人から城跡のことを尋ねられると決まって、

「あれは俺と河童供と一緒に造った城たい」

と応えたことから、いつの間にか「勘次ヶ城」と呼ばれるようになった。

完

あとがき

日本は、国土の周辺を海に囲まれているために歴史的に諸外国との交流が少なく、ときには孤立していたとの見方が強い。しかし、この見方は国家と国家との外交というレベルであり、民間レベルで歴史を見直してみると、わが国は常に東アジア諸国と繋がっていた。

東シナ海から太平洋沿岸の日本列島に沿って黒潮の大きな流れがあり、この海の道を通じてヒト・モノ・カネが行き交っていた。特に九州地方の沿岸一帯は東シナ海を中心とした文化の交流が古くから行われていた。

日本は海によって隔たれたのではなく、むしろ海によって海外の国々とつながっていたのである。

本書の舞台である五島列島もそうした地域のひとつであった。

勘次ヶ城から黒島とバハン瀬を望む

今日、五島の島々は東京や大阪からみれば西の果ての僻地と思われているが、海ひとつ隔てればそこは朝鮮半島や中国大陸さらには東アジアの国々がある。

そうした国からみれば五島は日本の玄関口であった。

決して国の果ての僻地ではない。それを国の果てと思わせるようになったのは、昭和三十年代初頭に始まるわが国の高度経済成長により、工業化が進み、地方から都市への人口移動の波が起き、都市で働く人が増えてきたことによる。

こうして都市部への過度の人口集中を招き、いわゆる地方と呼ばれる地域は衰退の一途を辿ってきた。

郷里を愛するといった土着の思想は急激に失われた。

その土地を愛し、その土地に人間の血を通わせることによって、地方は発展したのである。

先人から何代にもわたって受け継がれた村落の民間伝承も効率化の名のもとに語る人すらなく、急速に忘れ去られようとしている。

特に中山間地といわれる過疎の村々においては、『限界集落』といった絶望的な呼称のもと早晩消え去る運命となった。山村は住む人がいなくなり空き家が無残に打ち捨てられ、何代にもわたって耕作されてきた田畑は耕す人すらいなくなり、雑木の生茂る中に寂しく捨て置かれている。

数多くの民間伝承が進歩という名のもとに失われつつある中で、『発展』とは何かということについて問い直してみる必要があるのではないだろうか。あわせて『進歩』という近代化の影に退歩しつつあるものの価値について、しっかり見定めていかなければならないと思う。

五島は古くから多くの他所者を受け入れてきた歴史がある。そこには計り知れない海の資源が眠っていたからである。

隆盛を誇った江戸から昭和初期にかけての捕鯨業をはじめとする漁業経営者のほとんどは他の地方から移住してきた人達だった。この島は他所から移住してきた者を定住させるだけの生産力と経済的活力を持っていたのである。

宇久島の山田家（薩摩）、小値賀島の小田家（壱岐）、魚目の湯川家（紀州）・柴田家（越前）、岐宿の西村家（越前）、富江の古本家（越前）と数えたらきりが無い。

かつて、日本が西に向かって門戸が開かれていた時代には、この島の人々は海の向こうにどしどし押し出し、思いのままの仕事をしていた。人々はパイオニア精神と冒険心に溢れていたのである。

しかし、いつの間にかこの島の人は進取の精神を忘れ、中身に精気を失ってしまった。

確かに道路や建物は立派になったが、肝心の生産力を伴わないことからいびつな経済となってしまった。

働く場を失った島民は何時しか本土に向かって逆流するようになった。生産を伴わないから、島外に出て行くしかなくなったのである。


いま、平成の御世が終わろうとしている。

バブルの崩壊に始まり、阪神・淡路大震災さらには追い打ちをかけるように東日本大震災と福島原発事故が起こった。そのことから長い経済の停滞を招き、社会は非正規雇用の増大による閉塞感に覆われて久しい。

前例のない少子高齢化という課題に向き合う今日の社会は、戦後一貫して目標とした経済成長一辺倒の価値観からの転換と新たな指標が求められている。

本著は、幕末の五島列島の富江半島にある勘次ヶ城にまつわる様々な伝承と逸話をテーマにした物語小説である。

幕末も近い頃のことである。代々、藩の御用船大工である勘次は父親と釣りに出かけた。富江半島に突き出た長崎鼻を過ぎ、昔から難所として地元の漁師から恐れられている八幡瀬に近づくと、数日前の大風により難破して遭難した唐人が八幡瀬に瀕死の状態でいることに気が付いた。その唐人は大きな船箪笥を大事そうに抱えるようにしていた。二人は何とか助け出そうとその唐人に声を掛けたが息も絶え絶えだった。

勘次の父親はその唐人が大切そうに抱いている船箪笥に心を奪われて、その唐人を打ち殺した。

密かにその船箪笥を自宅に持ち帰り、中を改めてみると銀で六貫目もの大金が入っていた。小判に換算すると百両に相当する大金だった。

しばらくすると勘次の父親は唐人六貫目の亡霊に毎夜さいなまれるようになった。

やがて長い懊悩の末に父親が病死すると、勘次は次第に父親の遺言も忘れ、挙句は博打のかたに父親と密かに埋めて隠していた六貫目の金に手を付けてしまった。

それからというもの六貫目の亡霊は勘次の身に降りかかったのである。

狂人となった勘次は富江の町を追われた。

各地の村々を放浪の末、やがて倭寇の城跡とされる石塁跡に住み着いた。

そこは、中世から近世初期にかけて朝鮮・中国を荒らしまわった倭寇の城跡だった。数百年にわたって、この城跡を亡霊となって見守っていた田尾水軍の頭である草野三郎の砦だった。

ある日のこと、草野は城跡で暮らす勘次の前に亡霊武者の姿で現れた。草野はこの島に倭寇が跋扈していた時代の物語を延々と語って聞かせたのである。

物欲離れ、つつましく生きようとする勘次と海賊働きを続けてきた草野との間には超えられない壁があったが、何時しか二人は人間らしく生きるためには何が大切かといった根源的な問いを重ねていった。

幕藩支配体制の鎖国政策の下、倭寇の傷跡が色濃く残る五島の島々の歴史を語ることはタブーで、いまでは語る人もない忘れ去られた歴史の裏面であった。

しかし、この九州の西端に位置した離島である五島の島が最も輝いた時代でもあった。

鎌倉時代から江戸時代初頭に多くの先人が松浦地方の浦々に割拠し、また戦乱により浪人化した武士集団が貧しさから小船に一本の帆柱を立て勇躍して大海に乗り出し、多くの国々との交易を通じて東アジアに飛躍していた時代があったのである。

そこには国家とか中央とか言う意識は無く、もっぱら志を同じくする者の連帯感によって結ばれた強固な組織集団であった。

世界史に見れば大航海時代の始まりで、スペイン・ポルトガル・イギリス等の列強によるアジア支配が始まろうとしていた。

今日では海賊としてひと括りで語られる倭寇であるが、今一度その歴史的位置付けと役割について考えてみる必要があるのではないだろうか。

五島の富江にある勘次ヶ城の遺跡も、いまや地元の人からも忘れ去られたように顧みられることもなく、草深い中に埋もれたままである。

日本に残る数少ない貴重な倭寇遺跡である勘次ヶ城の保存整備を図るとともに、地域の大切な観光資源としていかなければならないことを強く訴えて結びとしたい。

竹山　和昭（たけやま　かずあき）

1953年長崎県五島市生まれ。
大学を卒業の後、大手鉄鋼子会社（新日鉄興和不動産）に入社。
その後、不動産会社経営。現在茨城県在住。
著書：『八幡船』（昭文社）
　　　『二人の流人』（風詠社）

勘次ヶ城物語

2018年7月30日　第1刷発行

著　者　竹山和昭
発行人　大杉　剛
発行所　株式会社 風詠社
〒553-0001　大阪市福島区海老江5-2-2
大拓ビル5-7階
TEL 06（6136）8657　http://fueisha.com/
発売元　株式会社 星雲社
〒112-0005 東京都文京区水道1-3-30
TEL 03（3868）3275
装幀　2DAY
印刷・製本　シナノ印刷株式会社

ISBN978-4-434-24972-3 C0093